谨以此诗集献给母亲

原创插图本自由诗集（卷一）

小姨·七夕

周文海　著
毕逢春　绘

中国财富出版社有限公司

图书在版编目（CIP）数据

小姨·七夕 / 周文海著 ; 毕逢春绘． — 北京 : 中国财富出版社有限公司，2023.6

（原创插图本自由诗集．卷一）

ISBN 978-7-5047-7952-6

Ⅰ．①小… Ⅱ．①周… ②毕… Ⅲ．①诗集－中国－当代 Ⅳ．①I227

中国国家版本馆 CIP 数据核字（2023）第 114938 号

策划编辑	李彩琴 张彩霞	**责任编辑**	张红燕 郭 玥	**版权编辑**	李 洋
责任印制	梁 凡	**责任校对**	张营营	**责任发行**	杨恩磊

出版发行	中国财富出版社有限公司		
社 址	北京市丰台区南四环西路 188 号 5 区 20 楼	**邮政编码**	100070
电 话	010-52227588 转 2098（发行部）		010-52227588 转 321（总编室）
	010-52227566（24 小时读者服务）		010-52227588 转 305（质检部）
网 址	http://www.cfpress.com.cn	**排 版**	天津成祥广告
经 销	新华书店	**印 刷**	天津自强科技有限公司
书 号	ISBN 978-7-5047-7952-6/I·0361		
开 本	787mm×1092mm 1/16	**版 次**	2023 年 8 月第 1 版
印 张	19	**印 次**	2023 年 8 月第 1 次印刷
字 数	210	**定 价**	68.00 元

自序

母亲在时，她一直不知道我在写诗并发表。母亲出远门后，我的这本“原创插图本自由诗集”第 1 卷出版了，而且今后还会陆续出版第 2 卷至第 5 卷。

我将一生的诗歌奉献给亲爱的母亲蒋月芹！

母亲的伟大在于她的仁慈、坚强以及她给我们带来的无限母爱。母亲常常对我说 :“长子不得力，饭碗要歇力。” 1966 年我家经历了“文革”，出身于书香门第（注: 我外公是当时上海有名的书法家）的母亲一直教育四个儿子 : 要上进，做一个对社会有用的人。

1977 年夏，我认识了诗人艾青。他从新疆石河子回北京，暂住在武定侯胡同，和我住的图壁厂胡同很近。我们相遇在“全国政协信访室”，他在递交申诉材料，我排在他后面。他穿着短袖白衬衫，高高的个头，面容慈祥。我见他年纪大，就让他去旁边凳子上坐，等排到了我会叫他。我问他姓名，他说 :“我叫艾青。”我吓了一跳，说 :“您就是写《大堰河——我的保姆》的艾青先生吗？”他听了非常高兴，反问我 :“读过我的诗？”我说是，就这样我们相识了。此后，我帮他递材料又送他回家，有时也在他家坐一会儿，听他讲诗歌创作，这样的日子差不多有两年。

当时，我写了上百首朦胧诗，用稿纸誊清后交给先生。他说我很有诗心，但有些诗看不懂。他说，诗要自然才好。他的家很小，又有学油画的儿子未未，我们便经常在政协礼堂门口石阶上或广场边绿长椅上聊天。

我陪他度过了一段艰苦等待的时光。有一天《人民日报》副刊发表了他的《红旗颂》，他拿着报纸哭了，说："党报发表我作品了，这是对我的肯定呀！"压抑在他心中二十多年的冤屈像火山一样爆发。后来，他又发表了《鱼化石》《古罗马的大斗技场》等作品，我和他在一起，我们一起高兴、庆祝。

1979年，我作为"西城区文化馆文学组"一员，与众人创刊了《蒲公英》小报（当时《北京晚报》还没有复刊），我们动员家人、朋友在东单、西单叫卖。《蒲公英》上有顾城的诗，也有我的散文作品。

1980年，在高（瑛）姨推荐下，《人民文学》第1期上发表了我的散文，冰心先生同期发表散文，对袁鹰、张洁等名家和我的作品给予了评价。

后来，艾青先生一家住到了"北京站"对过的一个四合院中。他虽官位高了，但身体已不太好，精神大不如以前。我当时已在《中国旅游报》当记者。我去看望他，在告别时，他一直送我到院门口外，我和他都落了泪，这是我最后一次见到先生。不久，我去了日本，去追求我的博士梦。

在京都，我的导师是京都大学兴膳宏教授，立命馆大学筧文生、清水凯夫、松本幸男教授，他们是研究唐诗、“建安七子”、《诗品》的有名的教授。

读博后期，我创刊了《中日新报》。1996 年又应《东京时报》（日报）之约北上出任副总编，一年后加盟《中文导报》《唐人报》，直到 1999 年创刊《二十一世纪新闻》。

在日本我写过不少诗，但随写随丢，当时采访和编辑工作太忙了。

2005 年回国后我一直做中日电影交流方面的工作。2016 年我开始整理旧作，其中有一件事令我很伤心，即 2010 年我写的 2000 行长诗《鲛人歌》稿子丢了，这激起我出版诗集的决心。

我曾读过郑振铎先生的《插图本中国文学史》，我非常喜欢！因为有插图，非常具象，文学史显得更加生动有趣。当时我就想，我若出书也要有插图。如今，“原创插图本自由诗集”系列就是那个少年梦。

广州美院毕业的知名女画家毕逢春以水彩画为诗集作画。我请她也写些绘画体会。本诗集插画下的文字，就是她撰写的，文字优美生动，对读者理解画和诗很有益处。

插画大致一首诗一幅，长诗则多幅，本诗集共有 78 首诗，百余幅精美插画.

我想读者会因为喜欢毕画师（我总这么叫她，她天资聪慧，像清代“宫廷画师”）美妙、浪漫、奇特的插画而购买这本诗集。她的画延伸了我的诗意，以图画的形式深化并补充了诗的留白，达到诗画合一。

“诗因画传，画因诗存。”本诗集将给读者带来更多美的享受。

毕画师因时间有限，而我发给她的诗作也忽而是旧作、忽而是新作，毫无章序，所以，第 1 卷只能这样了，恐怕第 2 卷至第 5 卷也会如此。

本诗集按童年、少年、青春、爱情、国内、出国……大致排列。

今后的诗集大致每年出版一本。第 2 卷至第 5 卷诗集名目前分别为《青蛇》《王妃》《居酒屋》《盲妹》，将收录插画约 400 幅。

我的诗 70% 以上是叙事诗，但叙事诗中有许多抒情、写景成分。我将小说手法带入诗中，用白描、心理刻画、肖像勾勒……来塑造“典型”。

至于我的诗歌风格，或豪放或婉约……是由内容决定的，系列诗集中虽然有许多魔幻、浪漫作品，但我认为主要是现实主义作品。

我写诗，是为了给无处安放的灵魂，寻找一个归宿。

但诗集一旦出版，就属于出版物，将任人评说。

“我的诗是给后人的！”——我想这样对亲爱的读者说。

我一生写长短诗 400 首，题材取于人间和世外，于天地人之中无所不及。我的诗记录了一个时代，还有我一生的经历，我对人生、对诗的思考。

我的诗是奉献给母亲的鲜花！愿它永不凋零！

曹丕在《典论·论文》中说："盖文章，经国之大业，不朽之盛事。"愿我的诗如长长的流水，清澈、广阔地流去，去荫泽后人！

周文海

2022 年 6 月 20 日于北京

目　录

绘者图思：

陀螺、盛开的兰花、梦境，都在向我们展示天真、纯真的少年状态，所以用这三种元素来表达天真。“天真应该是我心中的莺啼/是我眉峰的笑意”。

『抒情诗四首』

天真

小路上，印着两行硕大的足迹
它是我幼年用勇气夯砸
每一个脚窝里都盛着一个得意的故事
这是一串串珍珠般的回忆

嗨，它是我童年的小路
有翠草有清香有母亲情意
它像我腰扎的彩丝，也像我手中的响鞭
我还能抽动，把陀螺旋起

兰花呵，不是在我昨夜的梦里
怎么会在这路上？绽放出我儿时生活的旖旎
簇起的花瓣就像一个个摇篮
天真的花蕊在其间低声梦呓
我伸出颤抖、乞求的手
奢望能把天真摘取
但我不能像蜜蜂那样永久地恋花

因为，我曾把它抛弃

不是要天真来粉饰我今天衰老的容貌

也不是贪婪于一时的欢喜

天真应该是我心中的莺啼

是我眉峰的笑意

我回来了

奔跑在童年的心路上

让稚气的荆棘剥下我沉重的袈裟

我大声地向天真嚷着“我要……”

这声音向远方飘去

绘者图思：

用浅紫色来表达这种脆弱、纠结与孤独，理想的情感破灭如同纯洁的羽化，在挫败、孤独感的边缘又通过眼睛来预示这种孤独，彰显诗意的灵魂之美！

『抒情诗四首』

破灭的崇拜

我破灭了的崇拜
随着理智的泪水滞败
扩大的瞳孔
眼光木然地不安徘徊
就像珍藏了多年的珠宝
忽地变成了褐色泥块

这不是爱情
但我却把它视作爱情
化作至善的偶像
这不是美和善的卵子
却是我孕育真情的胚胎

用我牺牲的人格
热烈疯狂的危殆
破碎了，偶像破碎了
化成一缕烟

聚合成一片带雨的云彩
困惑和不可知的耻辱
就像是我被钉在了十字架上
玷污了高尚的圣台

不知是我混沌的眼睛
欺骗了浅薄的感情
还是痴愚的认识
戏弄了我的尊重
你就是把我放在真空里净化
我也永远不会明白
人们相识却隔了河岸
心上的琴声该去哪里落地扎寨

孤独的寂寞
放逐了我全部的信赖
甚至我不敢向情人
是的，不敢
不敢说出：我爱

绘者图思：

系于行人心上，独自伫立在路旁，风的步子太大，这仿佛是完全属于诗人或者读者的夜，星星射下一道光芒，系于心上。

「抒情诗四首」

夜里

使人眷恋的灯火
系在归返行人的心上
我多想喊住人们
不顾独自伫立在路旁

风迈的步子太大
掀凉了白天喧嚣燥热的浪
夜呼吸显得太沉
罩住了清晨匆忙纷聚的景象

我不再叹息
被挤到了马路中央
而马路又突然这样仁慈地待我
陡然变得又长又宽又空旷

街灯只能送我一个伙伴
它和我都是怯懦的脆弱

星星能帮助我吗

射下一道抓不住的光芒

绘者图思：

我用探索，命名我头上那颗星宿……

天马行空一般的诗境让我想用一个高阶灰的调子来表达这样的诗境，浪漫，唯美。“我跳动的足音在大地上寻找／它是我飞向天空的脚步”。

『抒情诗四首』

我的星宿

我用探索

命名我头上的那颗星宿

它是属于我的

随着我走过这无限的行途

追求中，我发现了这天上的旅人

它是一颗星挂在天幕

我跳动的足音在大地上寻找

它是我飞向天空的脚步

我们一起朝一个方向去了

却永远相距于波光粼粼的尺度

是该它陨落下来

还是我把美好向它托付

绘者图思：

小姨就坐在中间，她最好看。在《小姨·七夕》这首诗中，诗人多次采用了相机式的定格，将视线和记忆定格在某一个瞬间，加深了对小姨形象的刻画。我在创作小姨的形象时，跟随着小姨这种定格的记忆来理解和表达小姨的印象。她坐在人群中，就是最好看的那位，有着青涩、含蓄的美。

小姨·七夕

（一）

月亮下

青石地

这是我家的晒谷场

在三个竹榻上

坐着好多

爱说爱笑的姐姐

小姨就坐在中间

她最好看

她笑起来

姐姐们都笑

绣花

唱戏

吃汤圆

剥松子

这天，小姨说是七夕

不远的河边

一团团萤火虫

飞来又飞去

打蚊子的蒲扇

啪啪响着

我听不清

那边桥头的说话声

小姨，我困了

我说

小姨拉着我的手

走上了木楼梯

（二）

妈妈的房里

点着蚊香，烟一缕又一缕

一个月亮

挂在四方窗上

听得见

后院我家竹林

绘者图思：

我最喜欢这一幕：小姨望着月亮，我望着她。雕花床，白纱帐，明亮的月光从窗外进来。“半边帐子／被风吹着轻轻地卷起／遮了她半个脸／小姨望着月亮／我望着小姨”。

风吹着

竹叶　沙沙

沙沙响

小姨搂着我

坐在雕花木床上

她一动不动

一条大辫子拖下来

把我的眼睛

挡住

半边帐子

被风吹着轻轻地卷起

遮了她半个脸

小姨望着月亮

我望着小姨

（三）

妈妈说

她不是我亲的小姨

她姓宁

村里就这一户

可妈妈又说

你，一定要叫她小姨

（四）

十七岁

小姨要出嫁了

妈妈说

她要嫁到沙地去

好远，好远

在大海那边

离这儿有三百里

迎亲的大船上

挂上了两个红绣球

锣声、鼓声、唢呐声

笑的、叫的

看热闹的

妈妈远远地

擦着眼睛

河岸上挤满了人

绘者图思：

小姨要出嫁了，她的周围是热闹的。但我并没有刻意去表达这种热闹的婚嫁场面。迎亲的船，意味着小姨要嫁到好远好远的地方，我舍不得，小姨舍不得……自此以后，这一幕，都被回忆定格。

新娘子小姨

红裤在人群里

妈妈说，你快去

去送送小姨

以后你要见不到了

我冲了进去

小姨，别走了

我不让小姨走　我要小姨

小姨蹲了下来

双手轻抚着我的脸

她哽咽着

小姨爱你

你一定要跟妈妈来看我

你要不来

小姨会想你

老是哭、哭呢

小姨的泪水飘零

落在我的脸上

狠心的红船

抢走了小姨

（五）

半个月后

我和妈妈搬到了北方

我再也没有见过小姨

我长大了

小姨，我好想你

那个

失去的月亮

那个望着月亮的小姨

绘者图思：

用了很怀旧的色彩，城楼的旧影，仿佛回到那个“没有一道即使是低矮的栏杆/没有人拦我/问我来自何方”的时代。

长安街上的冰刀

复兴门城楼的一角，勾了

上弦月

牛街的小推车来了，挂个白灯，卖羊头肉

要过大年了

卖鞭炮的

扎风车的、造空竹的、捏面人的

在等候初次的见面

腊月二十八

漫天大雪

天地混沌而橙黄

四九城儿好似天上人间

那时

长安街是一条无名的小路

我用小竹片当冰刀

一只脚蹬踹

滑过了“单牌楼”

向一个叫天安门的地方滑去

一条压硬了的不见尽头的白路
只有我
在快乐自由下张扬
这是属于我的
一个原始、刚烈，有燕赵悲歌的所在

路上
没有一道即使是低矮的栏杆
没有人拦我，问我来自何方
我，是长安街上的冰刀

绘者图思：

因为《古城之殇》是一首诗情跟随着京城记忆不断切换、流动的诗，所以我采用了一种比较抽象的表达方式来渲染这种记忆中的情绪，如烟如雾。

古城之殇

借着月光

我在很野的木樨地

听蛐蛐拉琴

从小土坡乱石中，从残存的锈铁道下

送来了秋意

告诉我，我们的欢乐来自大自然

护城河西岸

一片又连着一片的番茄地

香甜和鲜嫩向南延伸

南边是“三道闸”

那儿一片汪洋

噢，原来京城是水的女儿

广安门沉落在

烟波浩渺中

或者说枕在水上

我爬上过复兴门城墙

上面有一股杀气

这儿，曾经旌旗猎猎

城墙上地砖已残破不堪

从破碎处

长出一人多高的荒荆、败草

它如烟如雾

马蜂在飞来追去

宽度，好像一条苍黄大漠的古道

我看见了

将士勒马吼《阳关三叠》

悲壮而激越

后来，这一切夷为了平地

在这上面

排演《红楼梦》十二支曲和

《桃花扇》的“哀江南”

绘者图思：

“有了燕赵悲气 / 当雪屋筑成 / 一群游侠儿住宿 / 饮马 / 呼啸而去 / 任侠而轻生死”。仿佛一下子回到某个快意恩仇的记忆里，我试着用了非常怀旧的色彩氛围来表达在城墙下，那种青春的张扬、意气。雪屋用分解的几何色块造型来调解情绪的混合。用冰天雪地的氛围来加强雪屋的印象，夸张的月亮投影，让所有的情绪在平静的月光里调和，它是暖色调的回忆。

雪屋

本无所谓“雪屋”

白云、悍马、山丘，只因离风萧萧易水不远

有了燕赵悲气

当雪屋筑成

一群游侠儿住宿，饮马，呼啸而去

任侠而轻生死

雪屋

在城墙下，它是京畿又像边关

护城河水与火的拱卫

雪屋是小学同学家

半夜，雪坨与冰凌私语窃窃

它们打架时

轰然雪崩把灯火打灭

一株银杏树，两棵枣树成就了院子

煤球炉火红

冬阳透过窗户纸和小窗，一种亮丽的静谧

在东厢房
曾经存有小叶紫檀梳妆台
台上一柄玉如意
雪屋呵
住过多少代勇士的家眷
同学是后裔吧
他英武，皙白，鼻子挺立

在西厢房
我们曾翻出形意拳图，认真练过，也没成功
还有线装画本《狐女传》

狐女和道士斗法
为了她的书生和小家，吐出法珠
在空中，两珠相撞被吞吃
狐女大悲
抱了一下书生，夺过婴儿
现本相遁入了山林

四季中我最爱冬天

绘者图思：

“狐女和道士斗法，为了她的书生和小家……”瞬间把我带入一种《聊斋》的记忆里，狐女是仙儿，是可爱的。所以我用了半人半狐的造型。她为了她的所爱做出了最勇敢的决断。这样的氛围被煤球火烘烤着，加深了画面的神秘性。如同“它肃杀 / 在寒冻中产生一种力 / 被煤球火烧烤 / 时光因此有了味道”。

我叫它“雪屋”

它肃杀，在寒冻中产生一种力，被煤球火烧烤

时光因此有了味道

雪屋的

一代代啊有过多少故事

可我们

是最后一代

雪屋已被大街埋葬

我怀念那一大片雪屋

它生了游侠儿、勇士和狐女

还有刀客

绘者图思：

一个孩子，在金銮殿，在宝座前晃来晃去，有谁知道呢？一颗天真的心会产生多少好奇，又会怎样穿越，一切仿佛触手可及，还留着历史的余温，却又被一条红绳阻隔。

孩子的金銮殿

那时，人们趴在玉石桥上观鱼
正门的
九九八十一个门钉，摸一下，才算穿过

午门内
绿色长椅分散在中轴线左右
我曾经，坐到灯火通明

太和门内天开地阔
远处金銮殿，白云朵朵
飞过六百个春秋

没有一个管理人员
幽光流动在有些凹陷的金砖上，我大摇大摆
向九龙金漆宝座走去
我的手
摸着宝象，摸着甪端、仙鹤和香亭

走上金台，宝座

离我三尺

被一条红绳分开

黄橙色宝座在诱惑

我突然听见

天籁传来一个声音：孩子，坐不得，你不可造次

我不知道巨大的盘龙楠木柱

来自何方

不知道还有没有孩子像我一样

晃来晃去

一个孩子，我，一个孩子

——明清以来第一人

后来这个门口

被黄铜栅栏焊死，门外人头攒动

里面

一片空荡荡，宝座十分得意

温和的人们

沿一条指定的路

中和殿、保和殿、乾清宫、御花园，出了神武门

没有人再想什么说什么

一群羊羔默默

绘者图思：

像是推开一扇虚掩的门，寂静的殿堂，锁在时间里，它的辉煌，它的故事，渐渐烙印在那层层叠叠的灰色里，就像从时光中一路走来。

后宫三叠

（一）

铜锁泛着翠绿的笑锈住门环

几十处宫殿

没有人打理，存下秋光凄切

琉璃瓦半黄半残

两宫之间飞檐似剪刀

裁下一个一个蓝天圆点，挂在枝上

我来了

来到警幻仙子的太虚，阁楼隐隐

昏睡在

杂草、野菊、苍苔之间

石径迷离

两朝皇家地

倾一国之力为一家之欢

这何等奢华

近一个甲子却陷入是珍宝还是“四旧”的纷争

绘者图思：

她枯死的背影，如同转身的化石，在历史的印迹里，连同她所处的时代，那些政治烟云，都一并消散！何来化蝶的旋律？这凄美，不过是横在世人面前的一根铁线，和那锈迹斑斑的铁锁链，谁在怀念，那是诗人的眼泪！

每一次宫外沉浮

都在拷问

拆还是不拆？你太美丽，受尽猜忌

没有人问

瀛台水边玉泉山间百座离宫

是哪个时代

移去的风光一个个再塑惊艳

锁住帝王家

唯见三十六宫土花碧

（二）

转过几多宫院

一口珍妃井在脚下，这不是虚幻之景

地锁圆圆如磐石封死井口

溺死了

初有现代气质的贵妃

我本以为她该住三宫

她难道熬不过一支风中残烛

她还有爱她、共饮共乐的皇上啊

就是死也该西出阳关

绘者图思：

那时的中秋，带着帝王家的气息，连同诗人的情绪一起，被月光照进记忆的旧梦，像一帧被定格的画面，一起融入《后宫三叠》！

即使兵变也落个白绫裹尸还

怎么会

枯死在二十四岁华年

天下何处无水井

凡水井处就有柳词

书生辞别青楼女，伤心兰舟催发却是这一枯井

我凭吊这凄美珍妃

没有俚歌唱你

大鼓只有《剑阁闻铃》

戏曲不演绎你，不给你一柄太真拂尘

（三）

暮色上城墙

不见宫灯照

向西望，有一条红线一道铁丝网

千年帝宫不过是一个符号，一个任人涂抹的

化妆

角楼铜锁开启

逃出了时光，落在大明的

一堆堆雕字木版上

我寸步难行

这千古一遇的相见啊

就此打住

光照日月

天下第一的角楼成为库房

不肖种种，不只在怡红院

那城下的东西两侧

当年的达官贵人私邸正在喧哗

画梁雕栋回廊百转

竟无一处可存放木刻经版

中秋节时

乾隆帝懒去五龙亭赏月

与皇后妃嫔在角楼观大梦舞

天女献寿时仙乐金鼓

碧空出桃红

帝大悦而吟诗

四海归心兮江山永固

怎么会永固？大清亡后八十载

这母仪天下处，又一次迎来月下温柔

有江南周氏

谱一支《后宫三叠》，如歌如泣

绘者图思：

初见的情怀，远去又那么近，素色活泼的身影在白桦林，在草地，在那条宽阔的河边，就像微风吹过，掀开了记忆的纱，那时初见，那么美，那么纯！

初见

凄凉的小土丘上，站立一个凄凉

初见的地方已一片凌乱
河的乳房
在太阳下裸露
夜晚，昔日的萤火虫化为吊灯，一灭一闪
不眠的地铁二号线
工地上
空气在燃烧

我们初见，在皇城下的大河，浩浩渺渺
绕过十六座城门
杨柳丰盈
缓坡上长满了青青的野草

三只小羊，带着散放的慵懒，似岸坡上浮云
她举着鞭子唱着歌来了

绘者图思：

在那个缺少色彩的年代，青春就是最美的色彩，初见又简单又美好。一本诗集便可以打开所有的想象，是童话里漫游的美人鱼，也可以跨山越海飞到莱茵河畔，青春的初见就是那么美。

我躺在草地上读诗

美人鱼在莱茵河畔与男人们跳化妆舞

我抵不住她身姿跨出的一步

一朵梨花

白皎皎如雪

走过了书和脸的夹缝

她嫣然一笑

梨花落了一地

我们每天用“你好”互问

不少时候，头顶着头躺成“一”字

她听我念“身无彩凤双飞翼”

听我讲拜伦

大螃蟹在草中犯愣

我没有问过她

为什么不上高中，父亲为什么去了夹边沟

时代如锁沉重

过了年的八月

她和妈妈被遣送农村

来不及告别

没有在长亭饯行

转瞬十年

这儿早已不堪狼藉

我对着无数的土丘祈祷

这一切已经结束了你该回来，你可安好

还有

你会在恰当的时辰想起对方吗

那个共同的夏天

一缕初萌的情

你会心有所念吗

有人，为了遇见已耗尽一生

绘者图思：

我试着想象那个站在街口卖杯套的女孩，人们从她的身边路过，可能已经记不住她的样子，但是记得她那双美丽又有点忧伤的眼睛。

卖杯套的姑娘

初春的阳光
融化不了棚的寒气
她的“家”，只能躺下一个人

冷风仍旧凛冽
她把头靠在胡同墙上
身子裹一条桃花图案的薄被
脚下裹得尖尖
像一条出水美人鱼

她的乌发沾了不少
枯草和灰土
她用极细的五彩塑料丝
编织杯套
以求解决生活的饥渴

在那个时代，玻璃瓶上有杯套是绅士风

配色、分丝、镂空

细长手指在丝中穿行，跳跃

七色的牡丹

富贵的牡丹

从柔和的指尖出生

每天清晨

她站在西单路口马路牙子上

伸出双手

手心放着几个杯套任人挑选

她不说一句话

像一尊洁白的大理石雕像

伫立着

哦，她真的美丽呀

熙熙攘攘的上班人

停下了自行车

人们的目光

划过一个忧郁的面庞

人们开始

为她莫名的愁容而感伤

人们

披着些生活的寒意，记忆中层层叠叠的色彩，就像诗人丰富善感的情怀。

绘者图思：

旧的桃花薄被把她裹得像条美人鱼，她靠着胡同口的旧墙坐着，披着些生活的寒意，记忆中层层叠叠的色彩，就像诗人丰富善感的情怀。

为自己一颗尚未泯灭的恻隐之心

放上两毛钱

然后，拿走杯套

沿街

有不少女孩也在卖花、卖杯套

可谁也没有她的生意好

因为

人们逃不过

一双带着沧桑的美丽的眼睛

绘者图思：

“走一个梦 / 走在梁祝定情的红绳上”这一路，是依依惜别、情深难舍的路。她的真情、他的纠结伴随他们一路。看似热恋的情人的依依惜别，却因为他的心思藏着无数的不舍与诀别。

北干山

送别在北干山，看着依依的娟

我心悲戚

翻过山就是西子湖

我将北上

走一个梦

走在梁祝定情的红绳上

十八里相送长亭路呵

你一片真心说出来

我心忧伤

一纸调令，像状元及第

兴奋之后

想起要离开这里

离开你，娟

在村头竹林下，昨夜

秋光泻银

你离我很近，如皎皎月明

我不说出那个字，你还以为文人含蓄

是襟怀

不是啊，娟，我已受不了南北相隔

压抑太久

刹那我又成了天之骄子

今后，我要学千里送京娘的赵匡胤

立沧海之志

令东海波扬

月光下

你倚着竹子闭上眼睛，我想拥抱你

可我没有

不是不好色，我已十分饥渴

在朦胧月色中

你说好喜欢在一起，可我

我怕

我怕对不起你！我心乱，我不真心

由一个空想和沉重的

绘者图思：

月光呀，纯净地落在竹林里。她倚着竹子闭上眼睛。月色朦胧里，她美得那样纯净，如同她的爱一般。可是他的心，却由一个空想和沉重的十字架构成。

十字架构成

我若说出口，就要爱你一生
甚至，跟你走
不论去海角天涯

割稻时节
你提着茶罐来田垄，倒茶给爹娘
又从不忘我
你揣了醉鹅、火腿……来找我
你翠绿的下摆绣了鸳鸯

我也曾借串门进你的闺房
你停下针绣
像聊斋青凤像红楼丫鬟
你为我抱不平，说书生落难命中一劫
日后会交大运
我即使不回城你也愿意
你落了泪
我心凄楚
我想拥抱你，娟
那时你十六，我们像

绘者图思：

北干山，千里秋风吹拂。长长的青草，数不清的大树，满山的绿抚爱着他们的回忆。长亭更短亭，十八里相送，那路呵，是数不清的回忆。路呵，这一路，是充满爱的一路，也是绝爱而去的一路。所以诗人难免感叹“那长亭路呵／路呵／路”。

一对苦命的鸳鸯

但是如果一直这样下去，你家不同意
我也不想为难你
若我回城，我怕又负你
是缘是孽？苍天呵你分一分
北干山
千里秋风吹拂
长长青草，满山的绿抚爱着我和你
我见到了唇上一朵桃花
我恨自己，连
舍江山爱美人的古人也不如

下一程，我只有烈马青葱
不为情所动
带走绝色与爱，娟
却无可回你

北丁山啊
长长青草、数不清的大树，还有
初秋的花都是见证
这次是真的

十八里相送长亭路

那长亭路呵，路呵，路

绘者图思：

写的是红叶，却沁满了诗意。偶然间打开记忆，红印痕仿佛悄然落下，那是“黄栌树林”里许多吻，笔下的浪漫铺满林间，迎面而来。

红叶上面

两片圆叶，不知什么时候被风吹到了一起

香山上

黄栌树红了

我们一阶一阶向上

半空中，绿一块又红一簇

大山在晒它的被子

还不到季节呢，我想

可我好喜欢

其实山顶什么也没有

两块石头叠加

它像香炉？它更像一个蘑菇

我们死也要上去

为了在一起虚度

虚度时光，虚度山石、水溪和生命

由火红陪同

绘者图思：

“两片圆叶 / 不知什么时候被风吹到了一起”。满山的红叶，仿佛浸透了爱的诗意。虚度！虚度时光，虚度山石、水溪和生命，由火红陪同。

一到石阶的陡峭处

我会拉着她的手，这理所当然

怜香惜玉啊

可我怎么也除不了一颗

窃玉之心

黄栌树林有许多吻

是别人的

后来红印痕悄然落下

成了柔软、如花、似梦的红尘

多少年过去

一次偶然打开

人们发现

红叶上浸润了诗意

绘者图忠：

东墙绿色的长椅，“他们”以此地为西厢，为牡丹亭，求过夜色。那时青春的恋爱，隔了时代，依然留痕在诗人笔下。

绘者图思：

“从夕阳到夜里/我们赶最后一班巴士回去”，我比较含蓄地用人物的影子来表达这种青春的爱情。

东墙外

我沿着景山的东墙外走

不是为了

去看煤山，去看愍帝末日上吊树

我惦念

当年连绵又有些残缺的花圃，还在吗

不大的槐树下

那一张张木条拼成的绿长椅

还在吗

当年

我们以此地为西厢

为牡丹亭

求过夜色你快降临吧

我们好挨得更近一些

从夕阳到夜里

绘者图思：

冬日，下雪，他们直立在东墙下。好冷，好冷！用身子相互取暖，雪片不饶人，落在她身上，飞入靴子的长筒。

本来想画两个人背靠着，后来觉得可以更加诗意一点，画一个女孩子，红墙色的长围巾，雪花改成了菊花，也能表现冬天暖暖的爱意。

我们赶最后一班巴士回去

活色生香的心

落在这花这树这墙这长椅上

不能说

——色即是空

冬日下雪

直立在东墙下好冷，好冷

用身子相互取暖

雪片不饶人，落在她身上

飞入靴子的长筒

今天的东墙外

已没有了恋人和长椅

只有花的后代和当年的树

它们早老了

说着流年故事

绘者图思：

她是夹着书香味的少女，因为《安娜·卡列尼娜》，两颗年轻的心都陷落在爱的山盟海誓里，就像被镌刻在紫禁城的月光里，那时的青春之恋。

宫墙恋

可还记得紫禁城外

我们的东墙、北墙、西墙，金水河

泛了涟漪

地方总是有的，每隔一天，你从八大处的家来这儿

角楼高高水蒙蒙

千年京畿使恋情带些个

皇家之气

为你一生，我想成为铠甲卫士，为你

遮风避雨

你的少女味夹着书香

那节律

有大学与鼓浪屿共存的帆船

有才女矜持

只需有半片荫凉或靠着城墙

几个钟头过去太快

绘者图思：

那矛盾交错的心呀，横在大西洋的两岸，就如同那两行向东向西的脚印，一边是爱情，一边是未来，在选择的方向里，最终也敌不过命运的呼喊！

两目相对并不说些什么

任时光匆匆流去

有时，你在长椅横斜，双眼

闭上美丽

可心跳又说出秘密

你在弥补大学顾不上的事儿

找回公主的骄傲

在一个分不清搂抱是热恋还是放荡的年代

金水河是爱河

土地肥沃

我的青春荒废在不准爱情的水乡

没有钥匙可以打开我的心锁

遇到你，因为我们喜欢

《安娜·卡列尼娜》，我第一次

海誓山盟

夜色多么好，

像初中时唱的《莫斯科郊外的晚上》

四周静悄悄

你山明水净，青衣落落

我们一同去点燃星月

秋天红叶如火，冬梅已开几枝

都不及你

你是最美的风景

第二个冬天来临

那天，你接到多伦多大学通知

我没有资格拦你

正如水乡的娟儿拦不住我北上

空负了国色

在雪中，我们立了好久好久

一同哭泣

我爱已尽。我干净的爱

在飞雪中

如一幔黑天鹅大翼垂下

这是轮回啊

你还在说以后怎样

前面不是金水河呀，是一个横亘的大西洋

不可能用一叶扁舟

我失去了花开季节

那天风雪太大

神武门外

只留下两行空空足印向东，向西

绘者图思：

我把河中的倒影当作你，你的面容不再具体。河中树，水中花，汇集成你的倩影。“我”可以忘情地去满心欢喜。只看到那一切幻化成你，温柔如水，美得像一首诗。“我”的爱，化成那水，化作那鱼，绕着你，“花意长在水长东”！

水中花

我走过许多桃林，有的充满秀色，有的十分可人

我是一个旅人，但我

还会怦然心动

我害怕

你的花容月貌会因我的爱而憔悴

于是，我压下风风雨雨

我把河中倒影

当作你

这些河中树，水中花，我可以忘情地去爱

我的确把它当作你啊

每天祈祷

花意长在水长东——可我知道

这仪式已近尾声

绘者图思：

花瓣落在水中，在绛紫的游弋中……

落在洁白的衣领上。花吻的瞬间，人入了花的情，花入了人的情。现在看得清，他对它有真爱，去吻那焦干的唇。然后，向溪水飞去。

花吻

一片玫瑰瓣儿

在绛紫的游弋中，它避开了葬花人担心的污淖

落在洁白的衣领上

它的一生从没有被人吻过

人间却有“吻花”二字

现在

它可以无限地去接近英雄——触到古铜色胸膛

看得清

他对它有真爱，和心疼

它决定

去吻那焦干的唇

然后，向溪水飞去

绘者图思：

循着水车声，飘荡着古老而忧伤的歌。为什么要寄望呢？诗人质疑三生石，质疑来世之约，那里挤满了人。不如在这山涧里，寻“你”的幽香，寻“你”的芳踪，这一世，守住“我们”的心。

山涧的水车

我不想就这样老去

就连孤冷的玉兰也这么想，当仲春来临

哎

你山涧的水车啊

唱着一首古老而忧伤的歌

你不要老唱三生石

那该有多么遥远

也不要说渡口

那渡口、船跳板和那行走的船上都挤满了人

我怕

我怕我会找不到你

亲爱的

我怕约好的来世会成虚

那么

已经在同一世上，又是亿万年的一次偶遇

我不管那么多

我只为我的心

去接近一个最适合我的，我一生在追寻的女人

那就请你直说吧

——给我“海洋之心”

我去准备

绘者图思：

一个淘气的少女，头戴花冠，来到梦中。她的脸我真看不清，但是仿佛一种美的流动。是梦境，非梦境。

花神

那夜，一个笑吟吟的淘气少女，头戴花冠
来到梦中
她的脸我看不真
一种美的流动
只有声音好熟悉

哦，你是从旧画卷剥离
来自干涸的爱
我曾经的遇见

当初
你总是静静听我说
从初冬，眼看到了初春
可不知为什么
介绍人说，不见面了，你就此别过
不说为什么
我错在哪里？一场大病后

我明白了：分手不一定要说明

这世上爱最难懂

不久你随父去了国外

你石化了

那时，紫竹湖边很冷很冷

今天依旧是

当年莺莺语声，一切如初

哦，你是花神

今天依旧月色清明

你问

“你想我了吗？可还记得大雪

你捧住我的脸

为我系紧粉色斗篷”

绘者图思：

我在想，当无数的蔷薇向他汹涌扑去，这是心疼的水，回忆的河……

水漫金山，漫天情水退下。一尊石佛，原来它已石化很久，泪如铅坨。

石佛

准备了亿万蔷薇

九个龙涎香囊

我把这些扔入情海

向你汹涌扑去

这是心疼的水，回忆的河

我水漫金山

迎来再次相会

我在龙脉上，在我买下的小剧场为你演出

台下只有我和你

两杯红酒如红烛

最后我上舞台为你演朱丽叶，你最爱这出歌剧

我还单身，哥哥哟

当漫天情水退下，只见一尊石佛

他已石化很久

泪珠如铅坨

绘者图思：

樱花落下，连同那娇媚一起飘荡。走得太近，会发现美中也带着残缺。如同女人的面纱，在风中，隐隐萌动。她本来就很美，只是当你靠得太近，习惯了挑剔。

新娘

啊，你们男人就爱完美

长得要像林黛玉，织布要像刘兰芝

连笑也要像婴宁

女人就该集天下美和德于一身

我爱残缺，因为人生从不完整

女人都有面纱

羞涩的背影是内心的萌动

哥哥，你也在老去

不经意，你的青春已大把大把流失

可你又何尝放过

年年赏樱

你知道吗？樱花从冲绳卷来

一直到札幌

她一路枯萎一路前行

她用残缺

结出了你最爱的新绿

如同新娘

绘者图思：

山依恋着水，水依恋着山，从来不曾分离。鱼和精灵在水下幔帐，小舟在千顷湖面，那船头响起的歌声，是一种古老的腔调，落在诗人怀里，是一种人文的感伤。

世人哪！你如何能让女子去做那正义的使者？

对歌

也许，海水错嫁了大山
又留恋他的雄性
也许银河泻下，溶了苍翠成一泓湖水
深不可测
鱼和精灵来来往往
在水下幔帐

但千顷湖面俗不可耐
小舟
从远处来，美女立在船头唱着山歌
大船亢奋了
人人争当阿牛。你唱、他叫，起哄
和“三姐”对歌

一个狂热而
对邪恶不敢说一句话的族群
让女子

去伸张正义，骂财主，还因为唱山歌

有了心上人，为此大山只好沉默

绘者图思：

这是一首很特别的诗，诗中的形象丰富离奇，像是一种梦幻般的境界。在洞庭湖面，雪花，波浪，一切如水晶一样易碎，浮在水上。而作者的情绪却衍生了一幅光怪陆离的画面，那是龙女的印象，是一种心结与洞庭的景融成一片。

龙女

洞庭连天雪

波撼岳阳城

这儿一切如水晶一样易碎，浮在水上

斑竹摇摇凤飞兮

似娥皇、女英

湘妃赴洛水今安在兮

无人来应

茫茫洞庭水

我呢，是来看龙女的，捎带钱塘君

钱塘君在天刑中

听说侄女受难

他挣断千斤铁链，一条火龙腾空

去杀泾河小龙

君山深处有一道石门

上写“柳毅入湖处”

这就不对了

记得，他是在海夜叉分开水路后

被带去龙宫的

他拒绝了上下不平等的冰媒

缱绻龙女

为探君心婉转随

对对比目鱼，鲛人珠，水中漂漂长相思草

小时候的越剧

给我千千结

无果而回

入夜，又有美丽的陶琪

在薄凉中入梦来

绘者图思：

西湖烟雨，淋湿了多少故事，滋养了多少诗人的情怀，滴滴答答，把江南女子润得如玉，一纸油伞，一种闲愁，一种笼烟的愁……

笼烟的愁

西湖是我的摇篮，算命的说

我幸亏生这儿

要不“五行”缺水

就算名字有海，也是枉然

碧波荡漾多少斜雨

一阵阵如雾

迷失了断桥

我从小以为

西湖连着东海才有这等的丰盈

在清波门

小时候，到处是酒肆、卖油纸伞的店

不远处，还有长茭白的凹地

肥厚叶鞘上

有一只小粉蜻蜓

白娘子住的红楼也在这里

八百年后

又住了我母亲

外婆家不只一座红楼

太湖石边的绣阁空闲了

雨水，滴滴答答

把江南女子润得如玉，一种笼烟的愁

母亲有过

绘者图思：

传说乞巧是少女的节日，俗称“七夕”，又称“女儿节”“少女节”。“我”的幽思独处，为着一个节日、一声问候。那心思如皎洁的月光，洒下细腻的情感，与欲望无关，与“情人”无关，只是一种心思，如风穿过“我”的孤独，如风拂着“我”的心。

乞巧幽

她说，你若不发来这个图
我还不知道昨天是什么日子

回你晚了，亲爱的
她轻轻说

可我，我也是啊
若不是天水女子傍晚发我一张图
我也不知道是七夕

这少男少女的节日啊
若被惊醒
好不凄凉
不因为什么，只是缺了点儿什么

习惯独处，可是
动听的节日鲜活，一年只一次，如果有人

来问候一声

哪怕是假的

送一段语音、一座鹊桥

我会珍藏

这些似月光的美与欲望无关

于是，我在临睡前把图转给了你

心有些不安

算给了风

去千里之外，送去

一个不是情人的情人之爱

你不用解释

绘者图思：

思念如夏日的暖风，吹拂过盂兰盆节，一步一莲花。月色清明，分明是寸寸思母情，洒落在心的长河上，点燃一盏盏莲灯，照亮母亲归来的路。

盂兰盆节

夜十二点，从东京发来一张庆生照片
吓我一跳
和盂兰盆节同一天？儿子这生日

母亲最疼孙子
“哎，我跟你说呀”她有些着急地看着我
“再过三天是我孙子生日，你一定要打电话
有说过找对象了吗？”

妈，您真操心，九十多岁了还管东京
她笑笑
她不管东京是不是也在这样想念她
一年又一年过去

四月，母亲出远门
她说要去很远的地方
不能顾她孙子了

今天

我只记盂兰盆节

心的长河上，一盏盏白灯

排队接母亲

我不会在这时候去想儿子

管它东京不东京

泪珠在滴

母亲，我想您了！今夜

因了这照片，特别想

路口的火到处点了

这月色清明

绘者图思：

就像那一片月光，随着时间落成记忆，渐渐变得遥远，就像是别人的故事，而秋妹依然只是那个秋妹！

秋妹

山涧的溪水会在冬季干涸
入夏以后，冲下来花瓣鲫鱼、柳叶银鱼
这回归，就像秋妹
秋妹去过外面
外面，凡能挣小钱的地方
都挤满了人与狗

三年后，她洁白一身
袅袅婷婷回来
皇天后土，又拴住一个女子
把她弄旧
再变成她母亲和祖上

融化的月光像乳水
流淌在院子地上，她也心动
她回忆起和才子在昆明湖上荡舟
第一次为男子唱山歌

他说，等毕业后挣了钱，就去山里娶你

秋妹小声说，等你

一年又一年

秋妹不让媒人进门

与母亲相比，她多了一次与读书人的“同船渡”

山林依旧

层层淹没红颜

绘者图思：

那时，朦胧的诗意朦胧的美，记忆的海风吹皱了她的花裙，东山之巅，披星戴月，归来仍是少年……

那时

那时，不少人带着时代的伤痕
坐在教室里
从“床前明月光”一下跳到《九歌》
山鬼可是骑花豹的
十年羊倌赶的羊，追不上她

那个挂过木牌的导师
想开了
边讲课边打开窗户吸烟，散淡人生

那时写朦胧诗
没有人对“人生若只如初见”、三生石、格桑花……
感一点儿兴趣
诗是剑与火的硝烟

相恋最是特别
同桌也要递纸条，羞于说出那个字
纸条像“九阳真经”

令人捉摸

男生不敢单独约女生，我们要“面儿”

办一个文学社吧，去秋游

在岩石上，砖头大的录音机发靡靡之音

天下人都爱邓丽君，温柔荡漾在山水间

……好花不常开

催醒女生，酸一回

我们在海中老虎石上远眺，以证实

归来仍是少年

天蒙蒙亮，乘渔船去看逮海蟹

不为吃口新鲜的

岸上，大锅腥香红了一片街

在东山

你不走了，用一种情深

我把你的纸条，缓缓沉入大海

那里有心的十字架

三十年过去，在一次同学聚会上

我对你说：“那年有一个小菲菲

在东山之巅

海风，吹卷了一条花裙”

绘者图思：

她裸骑一匹红马，似娇非娇。仿佛一幅油画，定格美的记忆。风吹过旷野，和那折光的情欲一起，消弭于时间之海……

挂画

十年的冬天终于过去，心花含火
春天从未有过如此明丽
阳光以佛光的慈祥
普照
山河回到水灵灵，好大一棵树
巍巍入云端

就在这个时候
你像《倾城之恋》作者出现
短发极像目光极似
气质一样
为惹女人们的嫉妒而生

你似娇非娇，我们一同去看现代派画展
在月坛
天门日夜不关闭，我们流连到半夜
只差一香炉，

绘者图思：

她蹲在半山坡采摘花朵，就像阳光下的精灵，日久，落在记忆里，已经分不清她是画，还是画是她，她们合而为一，成为春天里的一幅油画，留于后人！

插上三炷香

你就是待月西厢下

小红楼代表你的家世和门第

闺房如幻似梦

檀香味儿压不住中世纪风，在墙上

有你的海岸

你的红裙

你是山坡上头戴白草帽采野花的女子

你慵懒在椅上

等一个梦，任意的

我相信

你裸体骑一匹红马沿街走，家家都会

为你，关上窗户

我相信

古代不是门当户对

大家闺秀的格局

和折光的情欲

如风吹过旷野的呻吟

你是一幅春的油画

挂在天地间

由我交与后人细品

绘者图思：

这是一首有着别样情怀的小诗，英雄再现，失了美姬，但不输宝剑。乌江再现，又如泡沫，将故事沉沦，让人细细咂味。

一个时代

茫茫泡沫如豹纹一层层，清烟的约定
灯芯草软了黯淡
在伤心海岸海豹蜷曲

那些扎心的，必经的
人间九九八十一难
晚来小花猫
在无可选择下送给别人

一路乌骓
我荡平卑鄙的荒丘
在乌江边，我失去了美姬
但不输宝剑

流星飞过茂密冷色
天空一道洁白
那是我的奉献

落下璀璨，自有动人处

一个个童话

交叉躺平

留给孩子去取，留给闺阁女去细品

连同好看的插画

而英雄，请你摘下头盔，低头

以手抚胸

为一个时代

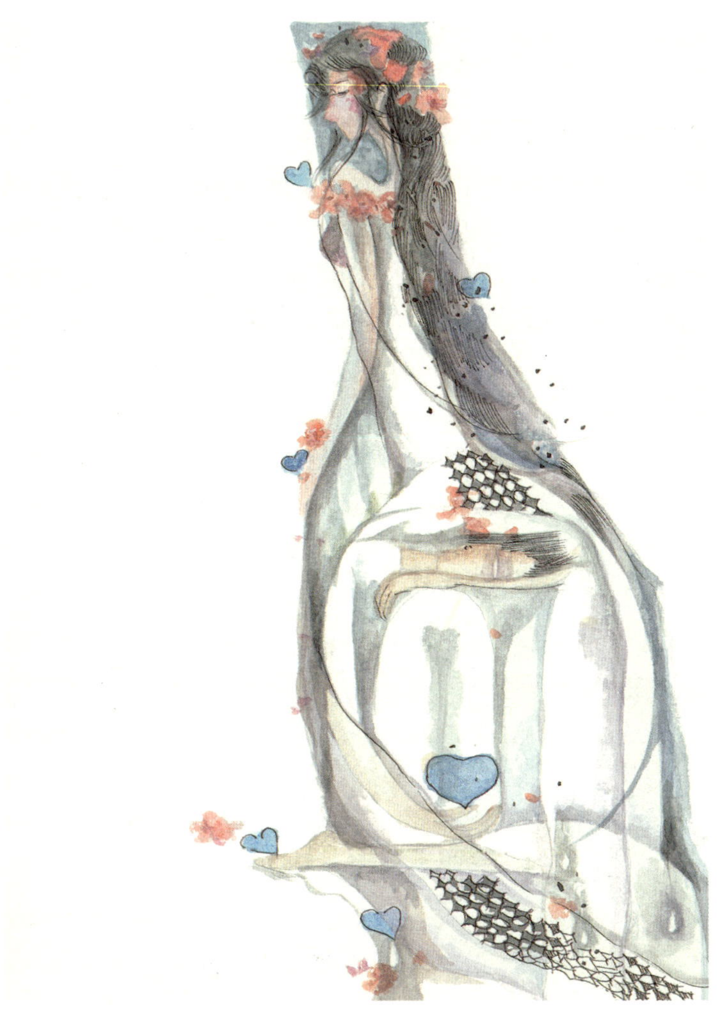

绘者图思：

我已无力挂起一顶蚊帐，手指也不再柔软……荷枯秋塘，四顾茫然。但是，因你，这样的娇媚动人。因你，这样的妩媚。巴山夜雨，心向剪烛。因你，“我”的心泛起涟漪。

因你

节令已过

因你，又起涟漪

如今，我无力挂一顶蚊帐

琴键前，手指不再柔软

不能扼住命运的咽喉

面对信笺

甚至握不住一支笔，荷枯秋塘

四顾茫然

我还有什么？倩何人唤取，一次巴山夜雨

心向剪烛

哦！还有心

心可以卖吗

它不甜，但充满平等、博爱和悲天悯人

卖了吧，卖了吧！卖心哟

一个近乎贵族灵魂

绘者图思：

夜，是一个让灵魂逃离现实的空间。失去了月光，命运被夜色吞噬。雄狮在夜里怒吼，它无法屈服，雨雪霏霏，山岳惊悚，震落，情绪满地……

夜狮

在洛杉矶，安然睡去

如秋叶静美

我会这样吗？我不会

我没有《沉香屑·第一炉香》

心如海洋

就是海洋

也装不下我对生的眷恋

我爱父母爱至亲，还有轻声叫过我“亲爱的”的人

对我所憎恨的，我一个不饶

——以死的咒语

我一生悲剧，为顾全他人而委屈自己

失去月光

四周，正充斥平庸、胆怯和奴颜

在夜里

还有一头雄狮，它暴躁不安

不屈服于命运

至暗时刻，向天发出沉沉怒吼

山岳惊悚

天气正雨雪霏霏

绘者图思：

想念是一种复杂的情绪，在低调的寂静之中滋长，如同诗人笔下绵长的波纹，一湖温柔色，心底生莲，直到天使般的面庞，把思念聚成一束光，成为念想……

想你

想你，又怕你来电话，心不安宁

你的眼睛，怎么能去挖野菜？扎手怎么办
不想听表白
想听“我还好，这儿没那么苦，我不难”
这是观世音甩了杨枝水

你说，把小船摇离琼岛
越远越好
一直到太阳云
不再回程
你会留一条船
一张面庞，聚成甜蜜的一束光，成为念想

你羞涩腼腆
说除了眼睛，哪儿都健康，人也乐观

不要这样说，我回不了你

我只有伤心

你无所谓名分

说那些全是虚名

又叹口气，还有意一笑

我听得真切

在北海湖面一片波光粼粼

那绵长的波纹哟

绘者图思：

这是春天的劫数，还是桃花的劫数？一树桃花三两枝，怎奈何，花枝乱颤？

广场舞

只要有一块不大的空地，就会聚集一群人扭动

超大的音量

他们一年一年养生

跳一种舞，据说“活成了诗”

带着忠字舞基因这毫不奇怪

小时候只学了这个

在街灯下，有了轻触异性的快感，而音乐

放着“在那桃花盛开的地方”

有一天

她们真的盛开

三个丰满女人爬上一株桃树，造出V形

一场桃花劫

这是舞的高潮时刻

我想起了花车

它只允许在东京迪士尼乐园内摇摇

还有京都

绘者图思：

诗人说，一个年轻的吉他手，放下他的忧伤，在夜里弹奏着他的《自由之灯》，从那里生长出错综层叠的情绪，直到那自由之灯，被呵护在天真之手！

每年只许祇园祭

一辆辆山鉾、刀鉾，以几百人之力挪动，充满故事

在银座

年轻吉他手，在三越百货店前一角落

弹着《自由之灯》

这灯，也许由篱笆前的小女孩提着

也许

来自花冠女子海边的火炬

绘者图思：

母亲的爱在云中，是思念，是牵挂，如同盛开的郁金香，布满天空，布满岁月。母爱是一种鲜红的印记，自苍穹落下，印在“我”心！

云中母亲

往年，带着母亲的念想
临走前向她辞行，“父母在，不远游”

不管什么地方有坠机，她会叫我过去
不安地说
“以后，千万别坐飞机了，坐火车”
我假意答应，挥霍母爱

我的下一代
过春节不会来一个电话
问为什么
说日本不过春节
父亲节、母亲节、平安夜、圣诞节也不问候
说是外国节中国不过
窗外白云如絮
我看见母亲在伴我飞行
不像过去

她对弟弟说："你打电话问你哥到了没有"

我失去了——"妈，我到了"

这天伦之乐

人生所有的故事

都会在岁月的素笺上泛黄

唯有母爱鲜红

束成一把把郁金香存在

母亲是成仙了，我走到哪里她都守着我

这会儿，她在椭圆形机窗前

下面是

从容山河，无忧的人世上，花草虫鱼如许

而云中闪闪的母亲

她一如既往，悲欣交集

绘者图思：

分不清她像哪个明星，美人的尺寸落在她身上。在琴声中，优雅地轻快地旋转，旋转，直到目光落在她的身上。

舞女

一座海滨的舞蹈最高学府
美人的尺寸在她身上，如范本
分不清像褒曼
还是赫本

邮轮沿江，停在不知名的繁华埠地
他俩住进酒店
第二天熄灯时，去访友的她还没回来
男友去了留下的地址

忽明忽暗处
一个露天大花园
绅士们在铜制古路灯下喝酒
钢琴边，跳华尔兹的是她
优雅地旋转
男友远远在土丘上
舞女看见了

绘者图思：

那静穆的神庙，衬托出一段情的起伏。乌云聚拢又散去，古老的台阶上，月光剪印出两个身影，彼此不再交错，一个释然，一个释怀！

她做个停顿

绅士们开始把目光移向小丘

有礼貌地站起

他跑了，在缤纷夏日里，沿着星光不停地跑

天起晨曦

他跑上一级级石台阶

低头坐在木椅上

背后是赫利俄斯神庙

她来了，一手提米色裙摆，长裙拖曳

她急促上台阶

不长的秀发在耳边飘动

一丝浅笑

古典美与现代美同时发生

亲爱的，我有工作了，不只是跳舞

还让我管石油公司财务

我留这儿了

为我高兴吧

他们会像你一样爱我

让我先去冰岛办一个冰上舞会

男子知道

自己一辈子也给不了女孩这么多

乌云开始收拢

分手时，神庙台阶上刻出两个剪影

绘者图思：

她，人淡如菊，仿佛带着日月的精华，降落凡尘，一步一步，由远而近。她，是个鲜活的“梦中情人”，带着理想和现实的美，烙印在诗人心中！

真由美

中野良子坐在我右侧

一种淡雅

她瞥我时，我极度不安

我想，当年她初上镜，该有多么美，或者

小鸟依人

她是我的偶像

我曾为她神魂不守

以证实我追过星

我也年轻过

想不到的是，有一天我会采访她

她离我这么近

她的笑

像我房东，又像我博士班的同窗野村鲇子

鲇子总带着似古代礼仪的笑，她恨自己

没有生在贞观

中野良子脸色白皙

小巧玲珑

还留有几分二十多年前真由美的姿色

那时，为看《追捕》

万巷一空

在“啦呀啦”的歌声中

千万“粉丝”的目光，随着

她和杜丘飞驰而去的长发，烈马

走完银幕，远去

八十年代初

是冰雪消融的时代

大地泉水叮咚，人心充满了爱

每一个人，连灵魂都沐浴着春光

真由美的来临

带了日月精华，如天女

美妙的下凡，在浩劫后的大地

对比一切丑恶

真由美是个鲜活的人

敢爱敢恨

那时的开放是真开放，女人是真正女人

时代和女人在同一个美丽

她递过一杯咖啡

我转不出“梦中情人”的恍惚

我说，我想不称呼您为“中野桑”

她抢话道

“叫我真由美，才亲昵

我看出您爱《追捕》，我俩

从这话题谈起”

绘者图思：

诗人的果茶散发出爱的幽香。含蓄，如透光的果茶，隐约在阳光斑驳的日子里折射出爱的心思。

果茶

相识的媒妁是一杯果茶，留着清晰的印痕

莓子半片、樱桃半边

而高山和水车女的合影

让我从小看到了大

你给远方的，我听说后在空中截下

一面面镜子

映出以往时空

有的虚旧，我用心疼去擦拭，暖和它

相册空了

隔空喊话，给你起个名字吧，叫大妞

有时会想

这其中会不会鸟惊、枝颤

可有果茶？来一杯，半边剔透沉淀

半边模糊

红和甜的色样冻心如水

向唇边压去、压去

绘者图思：

这首诗非常有意思，“大妞”在诗人笔下呈现自然、洒脱、随性的美。像杯中的春色，偶然间夹进书中，带着书香的记忆。

大妞

杯中的蓝莓渐次深了

好似黑色时尚

半个草莓心在跳舞

水葬的花呵

张开樱桃一般的小嘴

像不像？大妞

凉也好、冰也好，若有人相中想喝

就喝呗！人有时候会渴

牛奶单一白色

珍珠茶很土，不过是些竹篱笆生的点点黑豆

只有杯中花

谁喝了这春色？反正我见了，记下

它不再枯萎

有你在，我也会一直在

绘者图思：

在诗人笔下，这感觉如同一股暗涌的，如迷幻般的情思。有时很清晰，有时很虚幻。她只在梦幻中，又仿佛仰鼻能闻其气息。

情愫

在离恨天外青云如纱

警幻仙子说，宝玉才走了你就来了

我吓了一跳

怎么会呢？

警幻道

你莫非忘了山中方七日世上已几千年

你来得好。我约你

是有一桩情愫

人间女子

托我送你玉盒

内装照片十八张，山水六幅

她打开盒子

天空现钿合金钗之光，云间鸟飞比翼

警幻道，这女子拍照只为留住少女、于归的

各时节美丽

从不示人，今托我送你

我看见一张手指的照片，食指有创口贴

问道

莫非她与夫君不和

警幻道，此小伤不过试探于你

有无怜香惜玉

你总写“指如削葱根”

从未见过这“指如玉兰”，她不可方物

嗯嗯，仙子，六幅高山流水又是何意啊

你身为文士，竟不知高山流水遇知音吗

今所为情愫

在性、欲、欢乐之上合我太虚司命

此女美貌，如我妹可卿

皎洁似月，聪慧过人

今二物合一

你可入诗撰一段佳话，也不枉

我幺妹在人间一回

警幻言罢而去

又吟于苍茫

司人间之风情月债

掌尘世之女怨男痴

绘者图思：

有些情愫在时光里悄悄地开过。只是，它如盛夏的泡沫，又如同在心里滋长的花儿。有时候忘了，忘了。有时候，在清风明月里，分明带着透明的思念。故事很缥缈，因为“隔空”，但是诗人又把“蓝颜”的情感隔空写得很美。

隔空

一些泛着草莓红的念想和苍白旧照片
是花骨朵儿
——那时，她想让男生注意，又怕人家不理睬
藏在心下

后来有了家，有的花儿摘走了，有的
只有蝴蝶飞过
时间如风
转眼一枝枝干花，留下余香
现在，撒了它们吧
就像天女散花
她希望接花的
由她随心起名字，比如“好色的二师兄”
那个人不许生气

她会隔空喊，叫魂似的
二师兄、二师兄……其实

什么事也没有

声音在半空，在通道里

有一只红蚂蚁

顺着透明而去，留下小小爪印

她把

对丈夫不说的、对闺密不说的，只说给二师兄

躺在床上

二师兄呀，我刚睡眼惺忪就跟你聊天

这多惬意

那一端

贪恋一个可心的人儿，还有妆台，是玉的吗？

还有手捏小竹签做鸭蛋包肉的姿态

调一杯果茶

二师兄随手写一条微信

“心灵手巧啊”

她追问“真的吗？二师兄，你说这话是真的？”

“真的，馋人！”——她确信没错了

快乐一下午

“要永永久久才好”她想

太阳很炽烈

还要清风明月

绘者图思：

这首诗里非常朴素地表达了作者的人文情怀，关注弱者和社会现实，充满了悲剧的力量。母爱，如同大地。丢失了孩子的母亲是空洞的，耙子刨地，柳筐是空的。春天来过，心却是空的。她如同雕塑般抱着永远放不下的执念坐在伤痛里，那悲伤也感染着我！

虚伪的春天

两个义工

把二十几岁的女子护送，还给她妈妈

这场景，惊天地而泣鬼神

没有人知道女儿在几岁又怎样被拐卖

赵海莲疯了

疯了，真疯。穷山恶水经不起塌天大祸

不死也会疯掉

山里人说

狼吃人还吐骨头

她去问山去问河

山河无语。它们怕人间

她疯呆呆用耙子刨地

旁边柳筐空空

她脸不洗头不梳

绘者图思：

不是战乱和饥荒，却饱受生离之痛。春天就在那里，仿佛还带着些讽刺的意味。沉重的命运感，在这首叙事诗篇里格外凸显，这个春天，只是虚伪的春天。

全身遮满女儿影子，可又不相信她会活着
突然，女儿变成一个大闺女
这是真的
她昏了过去。当她被执念的母爱
从远方牵回，她问
这是梦吗？天亮了女儿还会不会又没
她恍惚，她害怕

女儿哭成泪人
但DNA是和生母连接的脐带
妈妈，我是您女儿！我长相和您一样
妈妈，您要看胎记
在我左臂上，那是您送的一朵桃花
妈妈，您会好的
我们在一起再不分离

记得，有一出京戏叫《失子惊疯》，那胡氏的
疯状和海莲一样
人生如戏，人生如戏啊
但是，剧本也不敢这么写
不是由于战乱和饥荒
是一个虚伪的春天

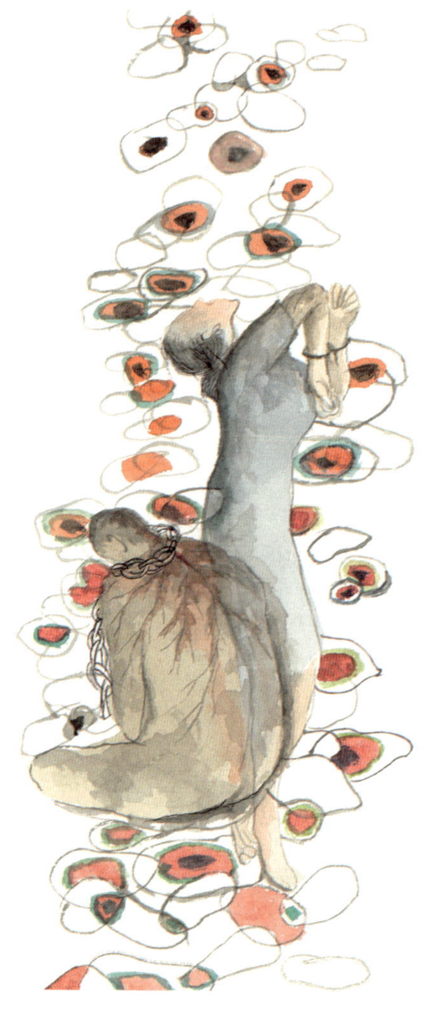

绘者图思：

黑夜诞生出春意。那铁窗、坟茔、火焰和江水，纵使吞没一切，那生死与共的爱情也会化作玫瑰，挣扎出一个哭泣的瓦伦丁节。

哭泣的瓦伦丁节

那个玫瑰花、巧克力迎来送往的“2 月 14 日”
是反抗和殉情之日

公元 270 年
罗马帝国出了一个无知无识的昏君
出了抗争的基督徒瓦伦丁

英雄被投入大牢
在大牢中，瓦伦丁遇上美貌的盲女
——典狱长的女儿
一个自带玫瑰香的少女
瓦伦丁知道有草药可以治愈眼疾
这样，黑夜诞生了春意

女子复明后
急急赶往监狱去告诉他

而瓦伦丁已被处决

悲愤交加

她得到了明亮却没有见到恋人

她只见坟茔

她种下一棵红花杏树

当晚在坟头自尽

这一天是 2 月 14 日

事迹传开，人们忘记瓦伦丁为自由而死

只记住玫瑰

瓦伦丁求爱的明信片被剪成蝴蝶和花

象征坚贞

姑娘们把月树叶放枕头边

祈盼梦中情人

“瓦伦丁节”传到民国

1938 年 4 月武汉空战

飞行员陈怀民在击落一架日机后，也被击中

他没有跳伞，调转头向又一架撞去

几天以后

穿着旗袍的美女王璐璐

在长江边哭奠情人

纵身一跃，以生死相许

芳魂渺渺

与恋人相会于火的长空

而下面是烽烟战地

情人节，你是铁窗、坟茔、火焰和江水化作的玫瑰啊

送给过去，送给今天

一个哭泣的瓦伦丁节

绘者图思：

可能很多人都能遇见一种意外闯入眼帘的印象。诗人显然是带着诗情的眼睛，留下如缠枝花般缠绕，记不清又放不下的那抹桃红色。

琼岛

穿淡粉裙的丽人上巴士

跟了一个侍儿

扶贵妃出浴，水点飞溅了翠裙

这美丽的气场

与这巴士上一群从黄土地刚回京的灰土人

相比，好似云泥

她俩“北海”下车，我，一个无心纸人

从了吧

我就从了吧

跟了她们过玉石桥

过“堆云积翠”

琼岛郁郁湖气涵养瑞气

太熟悉这儿了

那半腰假山，阴阳相割

小时候

我多少次钻过山洞，太湖的鱼不可相比

遍拍栏杆

我胡思乱想着，粉、绿二女子已挽手远去

拾级而上

香兰在笑，一闪遁入林间深处

我心上的

玉不见了，笼一层层弥漫桃红

后来

我遍踏十方山水

埋葬青春

连个近似的也没见过

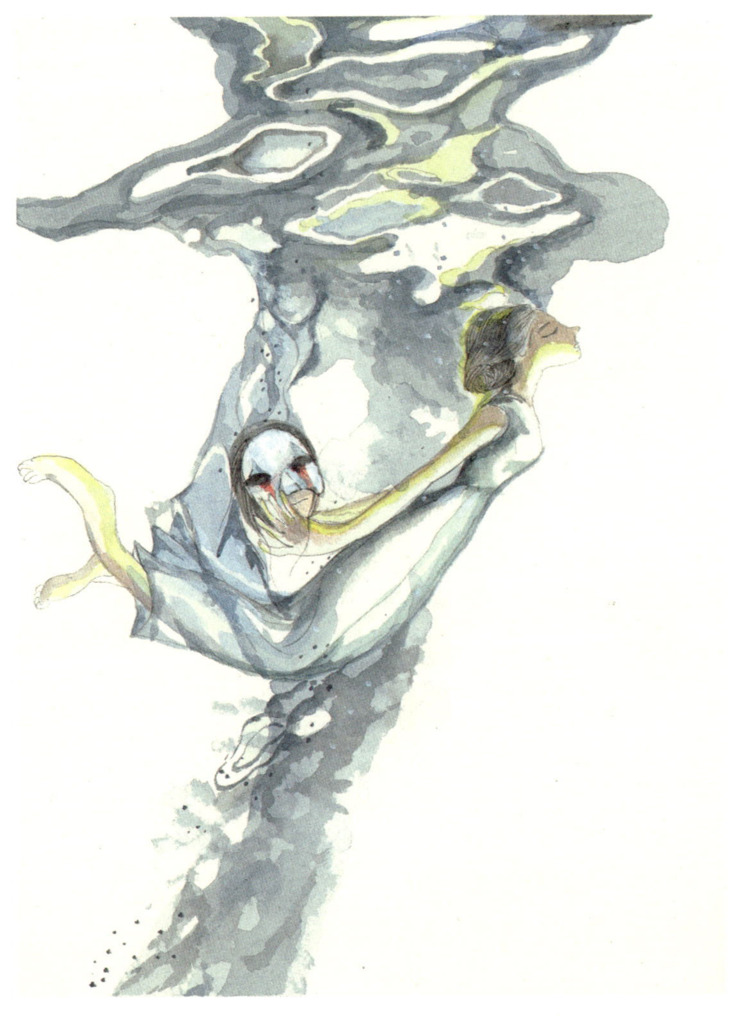

绘者图思：

当青春的面具卸下，只剩年轮。她回望那一望无际的大海，那“海伦”承载着太多。她如同溺水，溺于海浪，溺于爱。一晃多年，在诗人笔下，仿佛看到了沉沦于爱的小女子。

海伦

一望无际的大海，水浪轻柔
她倚住栏杆
物是人非不由流下泪水
一晃三十一年
为了纪念，她从神户港出发

那年，她身边有一个小伙子
去天津，他俩只为坐一次轮船
“在一起”而已
在一起的心纯洁薄透
如海上阳光
使她忘记和日本丈夫的家
日子新鲜

他俩都有家庭
她从长春嫁到神户
为补贴国内父母，她去咖啡店打工

她认识了

温文尔雅的博士在读生，苏州人

落花飞向春水，风却改变了方向

好似又回到少女时代

她自称“小女子”，有了甜甜的回应

他俩去情人旅馆

爱，走入了自然

但她很羞涩

后来，在老公面前总有点儿那个

一晃，她六十岁

她穿上当年的绿长裙

苏绣的花还在开

她多想再说一句：“小女子请夫君安”

有人会拥抱她，在船舷边

“夫人，带你走海角天涯，永无归程”

船

思念向远方，没来由的天寒地冻
心中白雪厚度
更茫茫
为什么，那时要放走时间？留下一色清白
再由意念蔓延的纸鸢
葱茏了春日

我难道为了等候冬天？也没有人嫌你什么，却
把自己熬成了风

当你听清我说什么
就算有小船，我也划不动了。只有风
绕桅杆在哭

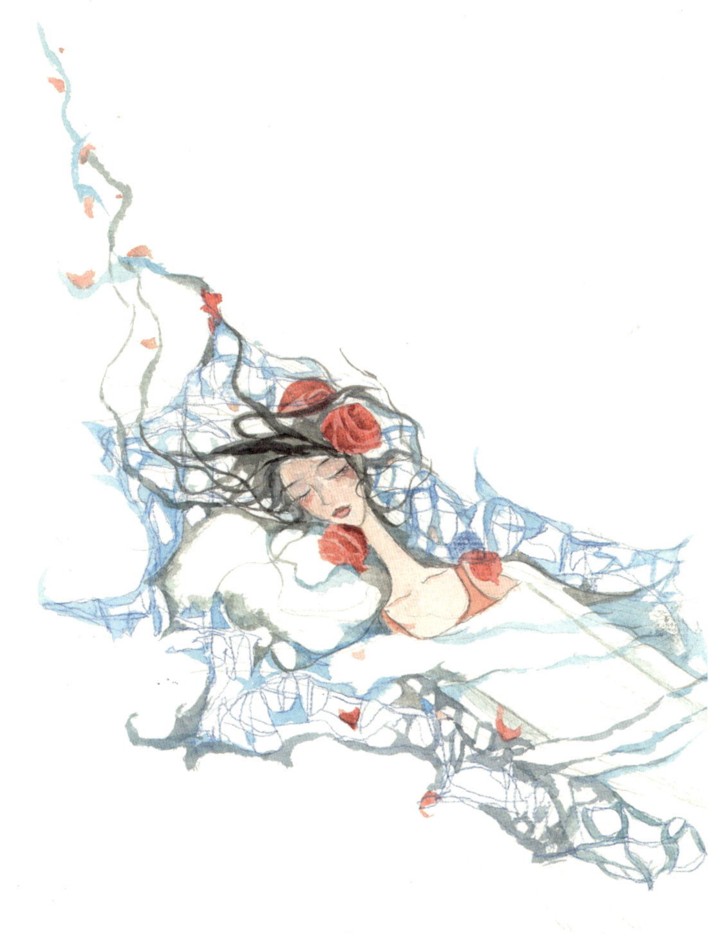

绘者图思：

担心她像白云再次飞走，无法忘记的美，无法抵御的爱。于是，只有来一场“狂风”，把所有的纠结与美都陷入这阵“爱”的狂风里。如同，那撒了一路的玫瑰花瓣。所以，从此与爱相伴，可以再也不来人间了！

再也不来人间了

日子过得好快，以为在同一纬度

想见就见

去逛商场去敦煌

结果抵不过“心懒”二字

在冬日的那一场灾祸后，你回去了

一如白云飞走

那么，玉米地或麦穗边的你

在想什么

你让我多少有些揪心，打发日子

我变作一片狂风，裹走你

任你喊叫

我疯了这一次

反正下次不再来人间

想起了你说过，娶了我吧

那时无数的网罩住了我

那么多往日已随流水东去，只剩下

卵石等待水的季节

裹在风中的你安睡若仙子

勾起我的吻

把爱火

点燃并一次烧尽，下次

我不会再来人间，这次永恒

的三观，使这一切最终也不过是一场痴梦，如枯枝伸向天空，结不出爱的果实。

绘者图思：

“我”似乎爱上了戏中朦胧的小情人，陷于颜值，可无法沟通的三观，使这一切最终也不过是一场痴梦，如枯枝伸向天空，结不出爱的果实。

痴梦

我们相见在极冻的
最北疆土
我需要用体温去暖和冰脚
不只三寸大
“马皇后”大脚踹在我心口，我晕了过去

你将柔情打发，我们去水果摊
你挑最好最贵的
不必那么急呀，我支付

你毫无眷恋地
让我感受“无语凝噎”
毁了我一步一回头的相思
我们太过陌生
我和一个没有有趣灵魂的女子一起
试问：
你和前夫为什么分手

你凤眼委屈

“我什么时候结过婚了？”这，我只是为了气你

我似乎爱上了如戏中般朦胧的小情人

你像

头戴俏斗笠的龙女

你把仙姿和无趣打包令我无奈

我只得把痴梦叫醒

绘者图思：

红尘如梦幻，一人在戏里生痴，一人在戏外生怨。隔帘一出戏，如何无嫌怨？

红尘

我压抑心的流云
不去想渐次减少的绝色
如高山流水一样清澈
你可去问问苍天

你不在花季拣一个贵妇人当
负却东风

我任侠
为你支付一切
细挑长白山根根野参
你柔如黛玉，白色病床如白竹榻
护士如无常
只有我不许你凋零

小餐馆的老女人可以弃你
有我接近你无限的

我多想用吻

来唤醒你

你回了山里

去山脚下人家编柳筐

回我的第一句话总是

亲爱的，你保重

你说，梦见我们在一个幽静溪水林间

手拉手跑去

你说一同看《武家坡》时，是桌票

你看不懂，只知嗑瓜子儿

你埋怨我

只会痴在戏中——看别人花开花落

绘者图思：

这种感觉很难描述，如同诗人所感：有一种穿越的感觉。三寸金莲、大清作坊里的宫女，踩着下一个时代的机器，只能看“两个怪物扭在一起，发出历史的回光”。

缝纫机

有一种穿越
大清的作坊里一位女子踩着缝纫机
这不是宫斗戏，女子没有姿色
脚，只有可怜三寸

照片摄于 1851 年
那时，照相机是怪物
人们说它，会摄走灵魂、吸去精血
缝纫机也是，不过，两个怪物扭在一起
发出历史的回光

1755 年缝纫机诞生
又过九十年
上海一家服装作坊安装了十几台
洋货，它早早就敲开了大门

一直断断续续
二十世纪八十年代，它是我的聘礼
迎亲时，她的邻居窃窃私语
“瞧人家三丫头，嫁了个富裕人家
有缝纫机呢”

绘者图思：

男人似火，女人如刀，这粗犷、狂野、纯粹，如同斜移的太空舞步，他们舞出丛林法则，呼唤神明，却有着最纯净的心灵。

火典

一队人马闯入院子

人声鼎沸，火把在噼里啪啦作响

这些“强盗”呵

在你们心上难道有地老天荒的失落

我从窗帘缝望去

庭院中一字排开，月光火光交叉

涂黑的脸上如魔齿獠牙

太空步斜移，男人们在吞火

女子们持弯刀

这土家族的舞蹈呵

舞出丛林法则粘黏茹毛饮血的性爱

记起白天的挑夫

烈日下

他挑着我和别人的行李，爬几千米山道

我的前面

绘者图思：

烈日下的挑夫，如山的肌肉，一声不吭，在千米的山道上，担起生活。那背影，如山的脊梁，倒映在诗人的笔下。

晃动一座大山，山的肌肉如
滚动黑疙瘩
他一声不吭

临别，我追问
他说一天上下四次，好给绝症的母亲治病
他哭了，我被孝子感动
我倾囊相赠
约有几千元，他拒绝收

小伙子，这不是给你的，为你妈妈凑药钱
他迟疑着说
晚上您在那庭院等我，我们要去跳舞
我带一坛酿的摔碗酒送你

我不敢出房门半步
火典中确有一个大山似的男人
一定是他！涂着黑色，却分明在急切东张西望
他噢噢乱叫
他在呼唤上天，火把也更加怒放

罪

83 岁的老母亲喂了智障儿子 60 片安眠药
儿子死了
她去自首
我老了再也养不动他，我怕我走后
没人养他
让儿子走在我前面，我可以安心去死

警察们茫茫然
这铐子，该囚住她伸出的手吗，还是
不该审判她？天哪

《倩女幽魂》里
燕赤霞对宁采臣说
其实做人，生不逢时要比做鬼更惨

这世上有不公，有怨恨和无奈
这并不意味着
可以用生命试验一种勇气

绘者图思：

她们像柔柔的风，暖暖的光，她们是可远观而不可亵玩的美好，像阳光下的风景，随便哪一阵和风，也会让“我”沦陷，在禅意中，用拂尘掸去风尘！在这里，她们是诗人笔下最美的诗意！

祇园艺伎

一阵阵和风

当年

我天天过小石桥

瓦屋连接挂伞

见艺术品一样的女人

一排排艺伎走过

她们可远观而不可亵玩

在祇园

我种下一轮太阳

为以后几十个冬天储备温暖

有时，我会沦陷在

空寂禅意中

用宁静和澄澈的拂尘

掸去风尘

江南曾有樱

更不必说唐风的瓦和油纸伞的故乡在这里

不知从什么时候

有人说来自西北阳关

一个风怪

把这块土地上的香魂剜去

山屋

静止在时间中的山屋，成了化石
这儿的人与狗
来过和不来过是一样的

大雨时躲入石屋
苟且活着

又有谁来承担他们的什么？不变的是小路
一代人走过又一代人
山石与墓石
凝冻在同一面墙上
如河姆渡的陶器垒成哭墙

在耶路撒冷，哭墙是信仰之地
离上帝最近
在这儿，离苦难很近

大阪海边

人并不多，太阳伞下
比基尼美女躺着
有恋人手牵着手，大大方方地走过
像在童话里
她停下，长吻白马王子
划出时空和国度的可爱差异

我没有人陪伴那又有什么
在一张白长椅上坐下来
海风不欺我
同样吹去了忧伤，心变得轻松

落日跳窜
层层细浪无力地吐出死亡的白泡沫
完成它爬上大地的意义
也许有一种生命
每一次死亡都是为了归来

绘者图思：

谁见过没有语言、没有情绪的泪，“潸然泪下 / 只剩蚯蚓走过的痕”，我喜欢这句诗，是这首诗的灵魂，也是我获取创作灵感的源泉……

圣女泪

一个女人，难过到没有语言
没有情绪
潸然泪下，只剩蚰蝓走过的痕

你身心有多少苦？或许你在怜悯
缩小又缩小的怯怯愿望，也落空
每个人都有故事。但是
你的哭泣，仍让我凌乱在风中

到处都是悲剧所感受到的不幸
人人只顾自己
这一代人的命运啊写在你脸上

我知道有些话你无法说出
而有些话，说了又有什么用？在不少人
笑容后面是咬紧牙关地活着
所以你无语而泣因为，有爱

绘者图思：

山间古道，那山花飘落，铺满故事，“我”不期而至，野花正灿烂。可是，落满心怀的是缅怀，如同，“那时，我曾采撷，可又不知插向谁的云鬓 ”。

猎人

1882年的沂蒙山

有一个老猎人打了猎，满载而归

战利品颇丰

在心痛这么多小动物的同时

我赞美大地生命力

山川，原来生了这么多物种

恨狐、狍子、狼、野狸……它们嬉戏、出没

那时争战连连

岁月并不太平

这无碍还有这么多小生灵

“乃造物者之无尽藏也！”今天，又去了哪里

我也见过相同的存在

山间古道旁

有野兔、松鼠，有小亭和寺庙，野花正灿烂

那时，我曾采撷

可又不知插向谁的云鬓

柏林墙

1961 年的故事。东德一家人在柏林墙前

年轻的父母

将两名幼童，高高举过有刺的铁丝网

为了让西侧祖父母

看一眼孙子

这么矮的墙似乎一踹会塌

只是一个象征

形同虚设

你召唤西德亲人，没有人说你有罪

后来，墙一夜间崩塌

西风赚了东风

今年在东南亚一个地方

也有一圈圈铁蒺藜网

人们争着把儿女扔过网

抛给西方士兵

为了自由，宁可骨肉分离

宁可向陌生人生死相托

绘者图思：

戏里是情愫，戏外是思念。戏里戏外，情丝难断，不过是“有了爱情生可以死 / 死可以生”，思念终究变成一缕心愿，“愿有人 / 可共挽一场风花 / 同度一片雪月”。

作者注：

这幅插画我非常喜欢。此画由北方昆曲剧院国家一级演员、名家，出身昆曲世家的周好璐提供剧照作为摹本。剧照为《牡丹亭》中一折，周好璐饰杜丽娘，刘礼贤饰春香。

还魂记

原来姹紫嫣红开遍，有多少人

乱了芳心

错落的笛声诉说悲欢

一个小丫鬟，为春心萌动的小姐做陪衬

大戏在说

有了爱情生可以死，死可以生

人生难得一眷侣

愿有人，可共挽一场风花，同度一片雪月

那个时候

我也坠入在戏里，但我们终也难挡

父母和世俗的压力

多少年过去，我不知道亲爱的

你在哪儿

我佝偻在冬日暖气片旁，想着过去

又听还魂声声怨笛

绘者图思：

“梦乡站”，北京的胡同，火烧葫芦庙，诗行展开魔幻般的想象，把一切距离之外的事物都像梦境一般联结起来。

残梦

黄昏像孩子

牵着人走 ，为什么会在这儿？他弄不清

一个衣衫沾满污渍的人，在卖票

玫瑰站

蚯蚓叠成 26 路字样，四个站

“没有木樨地吗？”他问

“坐到终点转 1 路”污渍回答

车开了

叮叮当当过窄胡同

两边磨砖对缝

垂花门上飞檐和屋后雨檐钩心斗角

一巷子的大户人家

青砖墙上有火把

令人担心，再大些会引燃大火，如烧葫芦庙

梦乡站

绘者图思：

这一幕很有意思，“曼妙的几个女模特走来”，一车的注目礼，这不过是“他”闭上眼睛，那蠢蠢欲动的潜意识顷刻间坠入梦境，香槟色的玫瑰落下。不过，残梦一场！

1 路的站牌弯曲如大弓

挂着孤零零的地图，红点好多

街灯如豆

下站是秦淮河，再往下湖州

咦，1 路不是走长安街经天安门往八宝山吗

他蒙了

问抱孩子的少妇

说是利比亚人，“您自己点一下红点看看”

点开，有一把红豆

可作长相思，并没有“木樨地”

天漆黑中

1 路大长车缓缓打开灯驶入

乘客黑压压列成方阵

点到他时 35 号，点数人叫：上层已满

明灭的昏暗如中世纪，在上层

开车不久，又有人在喊

“模特表演开始啦”

昏灯下

曼妙的几个女模特走来，一车目光投入

转身时，雪白的腿在撩人

他怕想入非非

下意识闭上眼睛

不料

在外国看过的脱衣舞场景纷至沓来

女人如酒

裸女与狮王角力

“妈妈，这阿姨像小姨”邻座女孩在说

“是的，多美啊！”母亲说

男人都好色——他想

我必须正经些

定一定心，他睁开眼睛

一切都已消失

东窗，飞入的春色

落在床上，落在翻开的《红楼梦》第五回

绘者图思：

他们喝醉了，唱着“最后的莫西干人”。因为这首诗，我特意去听了“最后的莫西干人”。远古的长调，在作者的魔幻诗中砸出了精神的投影，一种诉说不清的情怀在过去，向未来延展流淌，就像哪来的一阵风，拂过古老的面庞……

绘者图思：

日子向上，碎片化的记忆，人，枫叶，龙虾，光，连成一片，像泻下的彩虹，倒映生活的原味！

温哥华三个男士和三个女人

碎片化的人，在枫叶国焊接在一起

成为一个大写的人

在水族馆餐厅

等待大龙虾、牛排

天光透过淡云，亮了庭院连香树、溪桫

叽叽喳喳的鸟鸣

三位夫人不知在说什么又笑什么

女娲妒忌了，勺子一颠

五色岩浆泻下一道彩虹

三个女人一台戏

男人呀，一“大婚”就老

一有儿女就成驴子

驴很有担当，八仙之一张果老选它当坐骑

绘者图思：

三个水做的女儿，不同的性格，不同的欢喜，对于父辈，她们是上一辈子对美好生活的理想的承载者，是新生代，生活就像盛开的向日葵一样，向阳而生！

儿女大了，不想和父母住在一起

三室两厅也没魅力

一位主妇说

家呀就像缆车的车厢，就拿这儿来说

你不往上走

怎么能在空中欣赏洛基山脉、弓河呢

三个女人的三个女儿

一个喜欢《向日葵》画儿，一个爱看《哈姆莱特》

一个迷恋《千与千寻》

各自去了心爱地方

大龙虾端上了，一尺半长，干杯！干杯

我们这一辈子呀

命运如落花流水

生三个“水做的”理所当然

女儿啊，一个个小龙女态势，性格是刁蛮公主

恋人叫她们野蛮女友

父母为这些“小姐姐”也是拼了：全款买别墅

其实，那是他们自己的理想

从此，外国私宅中，开满牡丹，如血红
种下千年铁树，私有的永恒

一百五十年过去
一个孩子问
妈妈，荷兰人、英国人、日本人为什么
都来自东土

哦，好难的问题
在很久很久以前，祖先们在温哥华有一个饭局
上“大龙虾三味”时
定下买阿姆斯特丹市中心别墅
上“小牛排、甜酒”时
决定在伦敦市森林边购入皇室旧院
上“金枪鱼生鱼片”时
决心要买下涩谷区一片私人空地
盖别墅花园

最后他们喝醉了
唱着《最后的莫西干人》
流泪、呜咽

绘者图思：

在关于《画女》的印象里，她始终是一个可以忽略掉样貌，却又深情款款的形象，她是他的思念，她把他放在自己的神思里，他们的故事深情、凝重、简素，所以运用了一个接近黑白调的背影形象来表达他们的这种情感。

画女

她给花、仕女、仙女以活力，却误了乳尖粉蕊

不过，近乎临摹自己

《秦淮八艳》兰气生香

一纸娇嗔

在北京领奖，第一教授把《悼亡妻五图》中一幅

从荣宝斋要回

给了她

低声地说像、像，不过谁也没听清

她哭了，不是为得了名画

是为

一个又高又瘦的老人

十年来把痴呆妻子抱来抱去

她发了个微信

在吗？先生，一别三个月，可以说几句吗

哦，这秋的时刻，寒山寺起风了
依旧是“对愁眠”，您好吗
她迟疑了一下
把心形的脸书贴上

到冬天，她又写道
冬夜真冷，先生，我刚挂上了画，屋子暖和多了
您知道
南方没有暖气，我的脚冰冷
她又缀上一个吻

子夜
屏上出现一幅画
无数的钢绳如蜘蛛网
从各个方位发力
小船活生生静止着难动一寸
好似自身的和外力的千万烦丝
钩住船心

河边，红了眼圈的残阳凄迷
无法回升

绘者图思：

暗淡的灯光，咖啡屋的女子，以花祭的形式出现。本不应该着衣，但是在创作时给了她烟青灰的纱，那花儿仿佛伸手可及。但是一回神，含蓄，一种心寂的冷。至于故事，她仿佛已经点燃了。但是，一切又在这种冷灰调里沉静下来。

花祭

心火点燃在边缘

只要把手伸下去就可以嗅花、摘花

女子躺在床上

连锁酒店朴素的光有些暗

她像“女体盛”，一个裸女身体摆满各种寿司

一种花祭仪式

不过

上官云穿有淡青裙子，她心净而冷寂

她不在乎失去

只等来临，朦胧想过的和听说过的奇妙。她是

一个咖啡屋女子

男子停住了

迷茫中隐瞒了女体盛半年的女人

在这个时候出现

她坐在家门口

面对高墙，在想念一个

绘者图思：

多年以后他们重遇，他的目光依然落在这个谜一般的女子身上。带了点烟尘的味道，在岁月的洗礼过后。他发现她依然是那个烟青色的记忆中的女子，仿佛伸手可及。“她起身 / 在院墙外摘了一把蒲公英 / 没有人知道 / 让风 / 向东吹去”！

外出打工的男人，她抚养孩子，侍候婆婆

男子叹了口气

平时，他磨好咖啡豆冲好，会叫上官云端走

她会一笑，露出迷人小酒窝

回到了天水关外的村庄，上官云胡乱嫁了人

六年过去

五岁的女儿在院子里跑

她坐在门口

她想起了

那一天那个汉子没动她。是他定的房间呀

如果那样了我，会生个男孩吧

她有点羞涩

有些后悔不辞而别还断了所有消息

小女儿扑来

她亲了一下孩子，眼睛有些湿润

她起身

在院墙外摘了一把蒲公英，没有人知道

让风，向东吹去

抒情长诗　开封怀古

绘者图思：

跟随诗人浪漫的眼，穿越到《东京梦华录》中繁华的宋代，画阁青楼，车马往来，银铃声声，汴河烟波浩渺，道不尽的繁华……是情怀，是历史的回望！

《东京梦华录》的北宋

天下太平

少儿习鼓习舞，年长者一生不知干戈

当节令次第

灯宵月夕

菊花与秋水共发，庭院乞巧

东山登高

绘者图思：

月下情殇，比翼鸟飞。一曲《长恨歌》，道不尽情思悠悠，李师师与宋徽宗，“缓歌慢舞凝丝竹，尽日君王看不足。”是凝望，是相知。

举目画阁青楼

香车停于天街御道

何限春时

巧笑柳陌花衢

而朱门夜宴，车马去远，犹闻银铃

宋仁宗时

谏官敢于直言，锁定四十二年盛世

国祚延至徽宗

歌姬李师师精于诗词、丝弦，又怀侠气

引来秦观、周邦彦如蜂蝶

更有《师师令》

香钿宝珥兮拂菱花如水

天眷春意兮彩衣长胜未起，乱云垂地

徽宗不只爱国色，更是有学问，一把手

白居易若在必作《长恨歌续》

比翼鸟飞

月下听古琴

那时《清明上河图》的汴河烟波浩渺

述说不尽的

绘者图思：

夕阳伏卧，一路跟随，在诗中，在画里，只见那大相国寺，鲁智深倒拔垂杨柳，拔出了千年气魄，书写了一段盖世英雄的故事，在诗人心中，也在读者心中。

活力，秒杀颐和园苏州街两岸
那只是由苏州
乾隆帝带回一条五彩僵蛇属南国残梦
哪还有“大相国寺”几重伽蓝
威严不可侵
鲁智深倒拔垂杨柳，英雄盖世

对一个城市抱这么多想象，在我唯有开封
当夕阳伏卧一段古城墙
灯笼高吊
我来到宋城

鼓楼夜市开了
十里灯火似流水
大胆的古风吹拂了我的心帆
我心不大只在乎回望大宋
瘦瘦朝廷，小小帝宫
九曲黄河几度掩埋？“龙亭”了无印痕
它在地下几层？是呵
千年事了，怎会留下宫廷
只笑清代建筑赚取了宋风
红粉剥落，蠕动的人流沉默不语

绘者图思：

千年的古风，吹散了汴京的繁华。那曾经的汴梁如梦，落在诗人似醒非醒的情怀，就像一缕月光，穿透千年，落在今时，彼时……

我只在乎凝视汴京

不再驻足取一瓢水叮慰我心意

包公府前有人跳着宋舞，无人识得真假

大堂上

龙、虎、狗铡，后世借包拯造出玩偶

清官如梦

北宋繁荣只一刹那

不久战乱生于北，天下从此不太平

开封府尹

在一朝一朝扩大

都是百姓张大的凄迷瞳孔

贪官污吏哪里斩得尽？大相国寺里

出了一名刀客

杀镇关西，醉打山门，杀强人救金翠莲，救林冲

是大英雄必有善终，传说

他坐化在灵隐

在我心中

他还在梁山路上

手持戒刀，肩扛水磨禅杖

绘者图思：

仿佛忘了该怎样感伤，古墙还在，开封府还在，那古塔也分明还在。只是早已成为历史，成为青砖古墙，早已不是那旧时明月，分明是诗人那感伤落在时光里……

芳草古道，他走过云水间，在红尘中
在世相外

那么开封还有真遗物吗
寻至开宝寺
巍巍十三层铁塔入云端
——与仁宗同代千年后与我相逢

我洒酒祭塔
你这唯一的最后的——铁色琉璃啊
如果不是后来
靖康耻又加十二道金牌
或许
今天的《清明上河图》，会涂上
摩天大楼，是曼哈顿

张择端绘制了汴河两岸，上千小民生活卷
瓦肆勾栏
商船在水，花轿抬过了玉带桥
今天，它移入“清明上河园”
一个“园”字
将资本萌芽掐去，成了一种“特色”

也许

复原名画太费钱？可我们缺钱吗？面纱下

多少羞答答

沿汴河两岸打造，又怎么好意思收钱

画个圈儿

画个圈儿吧，打造“风景区”

湖水代替汴河再把千家店铺笑纳

夜深了

我在酒楼上临湖凭栏

远处水泥汴河桥灯火明灭

而十六尺名画，就这样摊成大煎饼

风带了一丝寒意

开封它不会再回画中

大一统下，只需要穿上现代迪士尼新衣

是的

大宋风光不再

犹如我的少年我的情人

夕阳瘦而苍茫

离别开封我心悲伤

这是我离情萦怀的最后的宋城

从此仙凡永诀

喧天的灯火去已渺

与撰写《东京梦华录》的孟元老同样，我记下

点点汴京心

夜色多么薄凉，我将披星戴月

挟持它而去

爱意无力，繁华凋零，冷月正上千风

绘者图思：

柔奴在，便是“竹旁梅花”，患难是情，坚毅是情。柔奴虽小，情比金坚。柔奴虽柔，兰心蕙质。

侍女柔奴外传

“文字狱”从天而降

“乌台诗案”发酵

受苏轼牵连，最惨烈的是“秘书省正字”王定国

直贬宾州

那里蛇蝎蛊虫潜伏

疟疾和伤寒如黑白无常

九死一生。王家决定把几十家奴和

歌伎遣散

唯柔奴不走

“奴家愿随先生万死不辞！”

“不行，侍女中你最小，我正在散财，柔奴

回洛阳故乡去吧！”

“不！我不走。因为我小才得以长久

我能谱曲、能歌，苏大人说过有我在

就是竹旁梅花

况且祖上五代御医，正有祛瘴良方，我当去一试。”

从此，宾州有了蓝天白云

王定国才华似汪洋，治瘴毒、督盐税

柔奴将牡丹、玉兰移入山川

厄运来临

王定国一个儿子去世，自己又染上瘴气

幸有柔奴在

五年后，九瘟退去，这里成了宾河明珠

在汴京

门子呈上请柬，苏轼大惊

王定国？他怎地也奉旨回京，请我去赴宴

苏轼惴惴不安

一个形容枯槁、憔悴的文官在幻觉中

刚到王府门口

有翩翩公子来迎，正是定国

他没有衰容

只有刚实，面如红玉

苏轼拱手道：“乌台诗案”人生大不幸，连累你了

王定国二笑，哪里啊

若无千里走荒蛮

绘者图思：

一场“诗案”颠沛流离，福兮祸兮，新词添三百。他日再重逢，一名“此心安处是吾乡”，从此书写人生！

何来新词添三百？为我作个序，两不欠

天上，一轮明月洒下白霜

丫鬟喊道

夫人来了，夫人来问安

柔奴娇羞入堂

礼毕，王定国道：“今日家宴

夫人不妨为明公以旧曲歌。”

苏轼鼓掌

歌声似春水潺潺

美人依旧，没有一丝瘴气拂衣

她为苏轼添酒

苏轼问道

“这些年，你在岭南过得不好吧？”

柔奴道

此心安处是吾乡。

苏轼大为感动

他贬黄州时苦苦寻找，也正是柔奴所言

从无尽忧愁到心安

终写出

绘者图思：

肤如凝脂，柔媚如柳，却深情万种，才艺双修。如岭南梅花，暗香浮动，一曲《定风波》写人生传奇。

乱石穿空，惊涛拍岸，卷起千堆雪

江山如画，一时多少豪杰

柔奴道

宾州地远自偏远离权力，少了钩心斗角

作为女子

与心爱的人一起即是心安

何惧四海为家

苏轼叫道丫鬟快取笔砚，愿为柔奴作新词

人间万古《定风波》

羡慕如玉琢的美男子呵

受上天怜悯

水滑凝脂、吹弹得破的点酥娘呵

你叫柔奴

歌声如风起雪飞，炎暑因你而清凉

你微笑来自万里

比往日妩媚

红唇呵，犹含岭南梅花香

翌日《定风波》在官场、坊间传开

柔奴名声大噪

九百多年过去，柔奴

如一轮明月

当人们流落他乡，当人间离乱之际

绘者图思：

她穿着绿色金丝绒的衣裙，缓缓，用冰凉的指尖轻握住诗人滚烫的手，仿佛冰与火的交融。谁知道呢？在瑰乔莉冰冷而美丽的面色背后，有着一颗怎样为爱颤抖的心？烛光如流苏，映着爱情里的他和她，还有诗人身后的缤纷世界。

「长篇叙事诗　爱的驿车」

叶琳娜·瑰乔莉

带些忧伤的维罗纳

是一座

最接近上帝的——爱之城

豪宅暗示出每一处华丽

他笔下的

皇帝穿新装圣殿，美人鱼海王宫，冰雪王后离宫

也黯然失色

大门

在夕阳下开启

美丽非凡的

叶琳娜·瑰乔莉走来

一身绿天鹅绒的衣裙

紧裹腰身

她把两只手伸向他

冰凉的手指

握住诗人滚烫的手

倒退着

把他引入客厅

这时，烛光如流苏也在爆裂

我是怎样想念您呵

瑰乔莉说

没有您，我会感到空虚

安徒生脸色苍白

昨夜，驿车上的种种

在模糊中

如火焰颤动

绘者图思：

如同天使坠入凡间，在充满星光与诗意的夜晚，她们拦住了一辆带着爱与梦幻的驿车，这一刻，萤火虫一样的星光为罗曼蒂克做了最好的注解。

长篇叙事诗 爱的驿车

驿车

一辆梦幻的

绿色驿车

车铃叮当和着“嘚嘚”马蹄声

风掠过林尖

远方风车如水塔

星子，陷入深蓝色的塔边打瞌睡

车上有三个人

他，年轻的贵妇人和神父

神父嘴欠

啊，我想，您作为一个太太，旅行时也该带着仆人

他嗓音嘶哑

我的仆人吗？喏，和我并排坐着呢

她指了指安徒生

安徒生是凑了盘缠，从哥本哈根出发

来到意大利威尼斯
又去维罗纳

当一颗绿色大星，在中天荧荧闪烁
夜深了

睡的蒙眬中
车外有三个姑娘拦住了驿车
讨价还价的
声音，柔媚而清脆

好啦，不要再争了，车夫
你该可怜她们才是，我补足你就是了

好啊，美人儿
感谢圣母
你们遇上了一位外国王子

应该感谢的是耶稣
神父嘟囔着

一股干酪和薄荷的气味

飘进车内

黑暗里

只有耳环上镶的玻璃，借着星光

如萤火虫

绘者图思：

妮蔻琳娜，你的身姿就像花中的精灵，你的笑容酿出花间最香甜的蜜。鸟儿愿意与你为伴，花儿为你丛生，仿佛只有你的温柔可以抚慰爱的心灵。

「长篇叙事诗 爱的驿车」

三朵雏菊

姑娘们很兴奋，在窃窃私语

您真是外国王子吗？夫人问

我是一个预言家
在丹麦，人们又称我童话诗人

在看不见的夜里，也可以预言吗

是的，夫人，我看得很真切
姑娘们的美丽
令我心醉
有一位金发柔软、爱笑的女郎
她热爱生灵
她在菜园子里采番茄时
画眉
会飞上她的肩膀

绘者图思：

骄傲的玛利亚，你是那样与众不同。可是你冰冷与傲娇的背后，却掩藏着一颗滚烫的爱人的心，那就是你，玛利亚，一个与众不同的美丽天使。

哎呀，妮蔻琳娜，是在说你呢

一个姑娘叫道

妮蔻琳娜

你有一颗金子的心

如果你的爱人遇上了灾难

你会走过千山万水到他身边

请告诉我

你会吗

我会的

妮蔻琳娜感动极了

您可以说说我吗？我叫玛利亚

玛利亚

我不想多说你的无比美丽

我的意大利语不好

我曾经

在诗神面前发誓

我将去寻找绝色佳人

在你这里我找到了

耶稣啊，主啊

这个人是被毒蜘蛛咬了，发神经了

神父说

但是玛利亚

孤傲和空虚也正笼罩着你

你的命运与众不同

你会很不幸

或者，会比任何人都幸福

您碰见过这样的女人了吗？夫人小心地问

就在眼前，夫人

我的话不仅是对玛利亚说

也是对您

您不是为了消磨这漫漫长夜吧

要知道，您的话对一个姑娘来说未免有些残酷

对我也是一样

绘者图思：

如同水一般的女子，带着甜橙的香味。孩子们绕她膝前，一切都那么自然，恬静，就像那风，温柔地吹过原野，她，就是安娜。

我从没有像今天这样严肃，夫人

那么，我会有什么命运呢

玛利亚，你会找到你所期待的人
他是一个画家或者
一个诗人
就算是一个水手
也会忠贞于你，一生爱你

先生
他已经占有了我的心
可我只见过他几面
也不知道该去哪里找到他

找他去，找他去，他一定会等着你

先生，他只说去了维罗纳去画画

维罗纳不是一座找不到人的城市
玛利亚，请记住我
——我叫叶琳娜·瑰乔莉

每一个维罗纳人都会指给你我住的地方
你可以住在我家
再去找心上人

在晃动中
玛利亚摸到了夫人的手
放在自己滚烫的脸上

绿星消失了，堕落到了大地那边
后半夜了

还有我呢？安娜问

你会生许多小宝贝
他们一个一个排队来喝牛奶
你会花很多时间
给他们洗脸、梳头
每天，把这些眼睛里露出好奇的小男孩、小女孩
亲几遍
你未来的丈夫，会帮助你

他叫彼得！先生

这个笨家伙，我可不稀罕他帮忙

姑娘们

我的蓝眼睛

已经看到了你们未来的幸福

我无忧无虑

我会带一些微末的礼物

如果你们家靠近树林

我会在每一朵蘑菇伞下

放上糖果，蜡制小花束，还有顶针和丝带

孩子们

将会有意外收获

驿车停下了

姑娘们还是一动不动

妞儿们，醒醒吧！你们到了

车夫喊道

黑夜中，一双纤细的手

抱住了安徒生的脖子

一个火热的吻

是玛利亚的

妮蔻琳娜也温柔地吻了他

只有安娜出了声

驿车，在夜色的大路上

疾速前行

绘者图思：

爱的相遇是浪漫的，但不是所有的浪漫都可以延续。瑰乔莉收敛住她爱的心思，与诗人做了最优雅的告别，那难掩的忧伤，是星光，是烛光，是泪光。只是，他们终究要为爱别离。

「长篇叙事诗 爱的驿车」

诀别

他爱上了瑰乔莉

甚至爱她胸前的一枚针花

但住下来，会远离心爱的童话

生命也会随之而黯然失色

况且

完美的爱情只存在童话中

才得以永恒

安徒生的心

像被冰雪王后的冰针刺入

凉凉的

多年的贫困其实已经

令他沮丧

尤其是与瑰乔莉这样的

年轻的贵妇人相爱

但又像丑小鸭
令他自卑
他长得像绳子吊着的木偶
又瘦又长

在丹麦，女人们从他身旁走过
像路过大街上的一根柱子

如梦的烛光通明
粉红色的长沙发，香气袭人
叶琳娜・瑰乔莉紧紧地挨着他
她的美令人惊悚

我是来告别的，夫人，我要离开维罗纳了
哦
明白了
人，远远不是两心相悦
就能在一起
感谢上帝！在我最美丽的时刻
遇见了你

如此短促，又难再相逢

在今晨，驿车上分手时

我已认出您了

您是汉斯·安徒生，一个童话诗人

不过，您在生活中

却惧怕童话

连一段过眼烟云的爱情

都没有力量和勇气

这是我沉重的十字架，夫人

那么，怎样才好呢，我亲爱的流浪诗人

她痛苦着

她把一只手放到安徒生肩上

走吧，我的诗人，愿上帝保佑您！

让您的眼睛永远微笑。不要想我

但是

我会像妮蔻琳娜那样

将来有一天

如果由于年老、贫困和疾病

只要您说一句话

我会徒步越过积雪的高山

走过干燥的沙漠

到万里之外去陪伴您

她倒在沙发上

双手捂住脸

蜡烛迸发着一种璀璨的火花

她的纤指间

渗出一颗晶莹的泪

缓缓滚下

他扑倒在她的身旁

跪了下来

他把脸，紧紧地贴在她娇嫩的脚上

瑰乔莉没有睁开眼睛

她伸出双手

抱住他的头，俯下身去，去吻他的嘴唇

第二颗热泪

落在安徒生脸上

去吧

愿诗神饶恕一切，她低声说

他站了起来拿起帽子

匆匆地走了

这时

维罗纳城晚祷的钟声

正隐隐传来

绘者图思：

他回到他的世界，用羽毛笔写下最经典的故事，让爱流传，瑰乔莉不在别处，在他的心里，在他看似淡忘的情里，他属于他身后的那个世界……

遗爱

回到哥本哈根
他把一生的爱倾心于童话

又有不少夜晚
他停下笔喝着咖啡
眼前会有
含羞的叶琳娜·瑰乔莉出现
与岁月无关
她依旧年轻而娇媚

他默默地流下了泪
他像坚定的锡兵那样
永远思念着小舞蹈家

他一生没有娶妻
在临终前
他说，我为我的童话付出了一切

包括

无法估量的爱情

为了童话

我放弃了幸福

其实

在当时，它应该让位于现实

绘者图思：

诗人从现实生活中的偶遇、观察中，获得创作的灵感。所以，在这两个“老女人”身上，我试图通过诗人的诗行，以画笔“偶遇”的方式来表达这生活中既寻常又不寻常的美。

广济寺外老女人

快下落的光在她俩脸上，如寺庙墙皮

和我一样苍老

话题也不新颖，一个埋怨儿子蹭自己不多的退休金

一个说带孙子心累

少不了夹几句儿媳和自己不够一心

我突然想到

在半个世纪前，她俩也十分女神哟，美之花

千年开一回

千年开一回哟

那时，在东边北海，她们和情人划过小船

也一定羞涩过

我不由对同代人，充满崇敬

她俩将无声无息归尘土，像没来过

但广济寺会存在

为此，来这儿看看一个难以达到的时光坐标

庙里，天女在飞

我们一别，将永不再，再也听不到这轻声细语

秋阳已昏

广济寺外少有的冷寂

绘者图思：

凤儿不到五十岁成了寡妇。在城市和大山之间，她成了边缘人。如陷荆棘，不知何去何从。诗人写她如流浪的吉卜赛人，背后都是故事。

凤儿与小木匠

大山半腰有座龙王庙，北宋留下的案几

供奉着猪头和羔羊

村里狗渴死了，树上荚果成煸豆角

只有姑娘们

一个个水灵灵如脂玉，若打开长发

就是天女散花

省城开放后，胆大的凤儿带头和几个女伴离山

留下来的还按风俗，年年祭祀龙王

有的生下九子

出去的，没一个嫁了好老公的

凤儿的女儿不听话，为“宝贝”她操碎了心

不到五十岁，凤儿就成了寡妇

在城市和大山之间

成为边缘人

山里本有故事，有父母、有凤儿小时候的影子
现在，都入了皇天后土

她像个吉卜赛女人，人在流浪中
这次路过邻村，正碰上没娶上媳妇的老木匠
他站在院子门口
像特意似的

当年俩人好过。找个算命先生
说，“小木匠描金凿凤
合则凤可旺夫
分则一个鳏夫一个寡妇，各为西东”
凤儿听了一惊
她正要向东去，去省城圆一个梦

山风吹弯了花草，黄绿交错
老木匠敞开门
看得见，深深院子的左角，树边有个木亭子
梁柱上，雕凸着一只飞凤

凤儿忽然想起守寡后
一次梦境

绘者图思：

凤儿的梦境，心甜似圣女，仿佛第一次尝到了山里当新娘子的温存。我想，这一定是一个粉红色的梦。凤儿和她的木匠都着婚礼的红妆，就连云彩也映出粉色的甜蜜。

云中女神们托着她，来到花烛通明的一个所在

小木匠揭开红盖头

她心甜似圣女

尝到了山里当新娘子的温存

老木匠说

“怕什么，没人知道过去啦，你就进院儿坐坐”

凤儿很凄楚

院子像在一直等她似的

可回得去吗

木匠哥呀，凤儿不配！凤儿不能呵，凤儿不能

她转身向龙王庙走

脚下泥土松软，树叶和生灵被软埋，在发酵

绘者图思：

作者有一句“红豆还在，在盒中，而相思已入骨。”那么长的相思，会是一个什么样的女子落入诗人的笔下呢？画与诗不同的是，画从最深的印象入笔，而诗有时候，从故事的开始发端，“她”坐在那里，温柔的风和光，是相思的温柔，她在绣花。

红豆

游了千岛湖，阿离说我们走山路吧，抄近道
她一路的笑
又轻声问
“你告诉我，你是不是跟我姐好上了”
“哪儿啊，我有家
在京都，只不过和你姐是同一个博导”
噢——她显出了迷茫

阿离手巧，摘了不少山果还有几粒红豆
叮嘱我
“红豆千万别吃，有毒，毒入骨，没治的”

阿离的家在风口上
开门还是山
第二天去告别
太阳，正透过屋前的树木，投下一束束光环
屋檐下竹椅子上坐一个美人，她在绣花

十二年后

我回杭州祭祖，再去，怎么也寻不见原来那条山路

胡乱地走

见一个风口，有炸油墩子女子极像阿离

长发一任秋风

天上的太阳还是那个模样

我疑惑，上次是不是遇上了小狐狸精

红豆还在

在盒中，而相思已入骨

绘者图思：

在诗人的这一首诗中，几乎流动着一种清澈如泉水、芳香如桂花的韵味，柿子熟了，少女在凡间。隔着诗行，也能领略到一种沁人心脾的美。贵妃出浴，古寺，淡月，都只是这清澈之美的注解。

「情诗三首」

窗下

拉开纤弱的碧纱窗帘

光的黄浦江，栏杆上

枕着爱的梦

而天上的星子

也停住了梳妆

「情诗三首」

雨别

细亮的斜雨

一把红伞

晃在前头古桥上

路边，人家的篱笆呵

透出了夹竹桃

还有绿睡衣

又别江南，回望

离别处

在淡淡雨中

「情诗三首」

清澈

这是一双清澈的眼睛

眸子里

全是一汪池的绿

就算贵妃出浴

她看的是

骊山上柿子熟了

在老家

山上也间有石榴树

还有米黄

清澈

留在了桂花香气里

她不去惊动

霓裳羽衣

马嵬坡白绫

绘者图思：

那里有温柔的月光落下来。母亲青春的身影，萤火虫照出的浪漫。多么繁华美好的后山记忆，我想到马蒂斯笔下宁静、美好又充满律动的形象。恰好都落在后山，与诗人一起感受那充满欢愉的童年时光。

后山

后山的缓坡，有古树、荆棘连草坪，它和树根
腌渍了少年
它很厉害的
不然我不会走不出那古老、那红黄和琉璃的染色
连矮篱笆的缓坡，都会拦住我

不知从什么时候，我变异了佛香阁，把它当作
滕王阁、岳阳楼
后山腰上藏寺有欢喜佛，我不懂，像动漫
记入心中
安放在殿堂内自有道理，我想，要不
山涧水怎会如白莲

后山还有许多知了、飞鸟，松鼠下地觅食
当枯叶颠覆大地
红狐狸出洞，东张西望似乎有点发愁
当年清朝，如果把钱用在水师，又会怎样呢

完败，喂鱼，沉入压死珊瑚

胜，又如何？与草民何干

不如留下

一步一景。我在苏州河岸上与江山对饮

忘却世尘

女儿红一壶，容酒香欺骗我，我又何乐而不为

把江南温柔

后山不是一方净土，我明白，出自恶而呈于美

不管如何，我连低低的草坪栏杆

也无力迈出

当年暑期，母亲带四个儿子住入名园内的友人家

从北宫门每天穿过后山

漆黑十分可怕

有母亲在我们才踏实，她护卫一切

有时

一团萤火在前，母亲眼睛如星子

绘者图思：

这是一种绵绵的温柔的思念。诗人以情入诗，化身为在阿尔卑斯山下摇曳的棉桃，跳跃的幻象，谱写那最浪漫的思念。

下一轮思念

我化身在阿尔卑斯山下摇曳
小小日月般的棉桃
任由女人们
采集，收入纹样的肚兜

一个个能工巧匠，剪出时代之光
我耐心等待
等待有一天，你来巴黎、柏林好接走我

只为见你一面
打开记忆之门——那时，无比迷人
也横七竖八躺着骸骨，那是我的
东京岁月
皇居护城河下，树影搅动怜香人，月光粼粼

你双手托起我
“哦！多么上等的质地！这新款式……”

你眼中有买方，名媛、服装秀……

我看清了

你有些丰腴的脸在贴近，唇在抖动

你不知道这是我呀

我却吐尽了相思，变回品牌

可是，在阿尔卑斯山山脚下

为什么

又生起一轮思念

绘者图思：

山一程，水一程，缠绕的时间之藤。在变迁的时空里，江风不止。你还在，我还在，注定沉没，在泰坦尼克号式的第一次怦然心动、深情拥抱之后，我们各自奔赴自己。

江户川

曾经的灰色小船，好听的“船歌”和两支木桨
——是我谱的歌
悠悠江户川
你在问：“云水间，好像有亭台小院
你看见没？”
江风不止，不让我抬头
我也不敢仔细看你，我怕就此迷失了自己

风在耳鬓厮磨
船头船尾只有几步，一个羞涩的
你，令我神往
和你水上的时光呵

我们注定要沉没
沉没在泰坦尼克号第一次拥抱之后
你上了救生船
我留下来

当时，我买不起一支眉笔，今日
你也不须梳妆台

江户川呵
不可方物的人啊，你还在
这山一程，水一程，江户川苍茫

跋

《小姨 · 七夕》插画创作随想

“原创插图本自由诗集”系列是周文海先生集毕生之心血之所得，作为这个诗集系列插画的创作者，不得不慎重相待。在这里就与大家浅谈一下关于诗与画的精神碰撞吧。记得文海先生与我初谈关于诗文系列的插画创作的想法时，心里是有几分顾虑的。他担心作品被简单地图说，或者只是添了颜色，并且粗略地谈了一些关于时下流行的水墨画法，比如牡丹之类比较浓艳的画法与诗文的距离感。而我，毕业于广州美院版画系，一直在坚持着艺术领域的作品创作，与插画有着千丝万缕的关联。再则，对于诗文，我应该并不陌生，因为自己本身也是一个诗歌创作者。故而，对于文海先生的诗文于艺术的表现之上能产生出一些新的意味来。我努力地将画笔、思想和创作的情绪混在一起，或者画笔为诗所诗化，或者画笔为诗化入情境，混在一起，诗与画已经浑然不可分割。

诗人，必扎根于更高更大更深的现实生活之中，表现出创作的欲求。以自由的创作精神，去表达那连续不断的生命流动之痕迹。有时候，诗带着生命的普遍性，而诗人作为文艺先驱，应当表达出同时代、同社会或者同民族的人们的情感共性；有时候，诗表达创作者个体隐秘的情感，诗人以现实中的某些事物或者生活体验，施展在别处无法实现的自由飞跃，摆脱了寻常的精神法则、形式拘束，生命力以绝对自由而被表现为唯一。正因为诗是自由精神的展现，那么对于与诗相关联的插画来说，则受到相对应的诗文之约束，它的自由必然被局限于诗的情绪。尽管如此，插画仍然带有自身的创作属性，绝不是去简单地复制诗人的情绪，或者说只是简单地以图说来再现文字。一幅好的插画作品应该与诗文相得益彰，互为补益。诗是画的精神境界，而画是诗意的延伸。这其实就是要求插画是一种在诗文基础上的再创作，而不是简单的情景再现。

插画的难度体现在要与诗人产生情感的共通。换言之，就是通过诗文进入一种与诗人精神相联结的生命共感。只有产生了这种共感，才能有发现的欢喜，创作出诗外余音，画外余音。

在《小姨 · 七夕》这本诗集里，我大约在诗人的诗情里创作了百余幅插画，表现风格各异。

比如在创作“抒情诗四首”系列作品里，我努力地保持着与诗人同步的创作思路。《天真》中“每一个脚窝里都盛着一个得意的故事/这是一串串珍珠般的回忆”让我的创作情绪瞬间跌入一种童年的共感里，我在画面的正中间画了一只旋转的陀螺，从那里盛开出如幽兰一样的梦境，美丽天真的少女如蝴蝶般振翅展翼，仿佛飘散出紫色的暗香，带着天真的预示。在这张画面里，我用陀螺、盛开的兰花、淡紫色的梦境这三种元素来表达诗人心中的天真，“天真应该是我心中的莺啼／是我眉峰的笑意”。而在《夜里》，我以本诗的核心精神“街灯只能送我一个伙伴／它和我都是怯懦的脆弱”为启发，画了一条孤独的长路以及一个长长的身影，用了极简的画面来表达夜行者的孤独，系于行人心上。在《我的星宿》的创作中，紫色的星空，星星坠下，悬浮的伞，跳动的舞步，画面构图饱满，我尝试了几乎和诗人一样天马行空的表现手法，随着诗行跳动。《破灭的崇拜》，虽然同样采用了浅紫色调，却表达出与《我的星宿》完全不一样的一种意境：泪水与扩大的瞳孔，流露出纠结与孤独的脆弱，理想情感的破灭如同纯洁的羽化。画面彰显诗意的灵魂之美。

如果说诗的语言是诗人流动的情感，那么画笔则是一个艺术家用来表达情绪的语言。有时候，它不仅只是表现美，还是表达诗意的语言。我在创作插画的过程中，努力地让作品与诗人的诗互为补益。有时候，诗是流动的画；有时候，画是流动的诗。诗的语言是丰富的，画的语言亦如是。有时候可能是浓墨重彩，有时候却是极其简练的线条，随着诗的节奏起伏。比如《画女》一诗，在诗里，她始终是一个可以忽略掉样貌，却又深情款款的形象。她把心爱的人放在自己的神思里，他们的故事深情、凝重、简素，所以我以钢笔素描的方式勾勒了一个美丽女子的身影，她在画中，又仿佛在画外。她站在那里，一只泊船，风儿轻轻撩动她的裙角，思绪翩跹。这样一个深情、若有所思的背影瞬间把读者带回到诗的情绪里，又凝神于画面。而在《雪屋》里，快意恩仇的怀旧色彩，仿佛打开一扇记忆的门，那是少年时带着侠义的畅想，青春的张扬、意气。我试图用分解的几何色块造型来调解情绪的混合，夸张的月亮投影在画面的中央，让所有的情绪都在平静的月光里调和，它是一种暖色调的回忆。半人半狐的人物造型，烧得通红的煤球，还冒着火星。有一种聊斋故事的氛围感，她为了爱做出了最勇敢的决断，“它肃杀 / 在寒冻中产生一种力 / 被煤球火烧烤 / 时光因此有了味道”。而《花祭》里，爱是朦胧的，带着伤痕感，好像总是有一束朦胧黯淡的灯光，一种隐约起伏的情绪，带着心寂的冷。所以，自然而然，我试图用一种冷灰调让故事沉静下来。直到多年以后，男女主人公重遇，他的目光依然落在这个谜一般的女子身上。带着烟尘的味道，在岁月洗礼过后，她依然是他记忆中那个烟青色的女子，仿佛伸手可及。直到，她起身，在院子外摘了一把蒲公英。让风，把它往东吹去！吹散的蒲公英沿着风的方向飘浮，如同男女主人公之间那暗隐的、无法言说的情愫。

在这里，我不得不提及《小姨 · 七夕》的一组插画。随着诗人相机式的人物定格，我将视线和记忆锁定在某一个瞬间，通过这些瞬间加深对主人公小姨的形象刻画。她坐在人群中，就是最好看的那位，青涩、含蓄，蕴含青春的美。我放弃了对人群的描绘，而是表达出一种小姨坐在那里，她既在人群中，又在人群外的印象。用素衣、蓝色印花、旧式床帷来还原诗人记忆中淳朴、善良又柔美的女子形象，她不仅是诗人诗中的小姨，也是读者心中的小姨形象。我最喜欢的一幕：小姨望着月亮，我望着她。雕花床，白纱帐，明亮的月光从窗外进来。“半边帐子 / 被风吹着 / 轻轻地卷起 / 遮了她半个脸 / 小姨望着月亮 / 我望着小姨”，这里的小姨就像月光一样美好，刚好落入眼帘。还有小姨要出嫁的场景，她的周围应该是热闹的，但是我却只画了穿着红嫁衣的小姨独立在船头，红色的盖头掀起一角，露出小姨半含烟雨半含愁的样子，因为她立在船头，意味着和过去告别，和亲情告别，“我舍不得，小姨舍不得”，情丝两牵，万般不舍。

诗文插画的创作，最难的地方还是意象的表达，在表现手法上既不能过于主观抽象，也不能过于陷在情节的写实再现里。在创作《隔空》《虚伪的春天》和《哭泣的瓦伦丁节》这些诗文的插画时，我把精力主要放在了诗意延伸的表达上。如《隔空》中明亮的色彩和夸张变形的人物形象及流动的线条，让读者能够感受到那种隐喻又无法言说的蓝颜知己的爱。它有温度，但是也有距离。《虚伪的春天》用了两幅作品来表达诗人的人文情怀。第一幅：丢失了孩子的母亲是空洞的，春天即使来过，心也是空的。母爱，如同大地一般温实。所以，我画了这样一位母亲：她如同雕塑般抱着永远放不下的执念坐在伤痛里。那悲伤充斥着整个画面。第二幅：春天就在那里，但是却带着讽刺的意味。不是战乱和饥荒，却饱受生离之苦。沉重的命运感，在这首叙事诗篇里格外凸显。我努力地表达母女在这个春天的重逢，有生之喜悦。但愿，命运的重逢，能让母女的这个春天重赋生机。《哭泣的瓦伦丁节》中，黑夜诞生出春意。铁窗、坟茔，火焰和江水，纵使吞没一切，那生死与共的情会化作爱之玫瑰，挣扎出一个哭泣的瓦伦丁节。

关于具体的插画作品的创作随想就当作漫步，且行且止，不在这里继续赘言，再费篇幅了，这里不过是跟大家聊聊读诗读画之余的言外之篇。都说诗人的灵魂是敏感的，因为诗意的美是零碎的，断续的。

有时清晰可见，有时又含蓄隐没。它在你的思绪里，又在你的思绪之外。文海先生用他敏感而多情的灵魂书写了他这一生行走过的痕迹。而艺术家的灵魂亦是敏感的，我觉得自己经常沉迷于文海先生的诗情之中，又从那里挣扎出来，然后把一切的体验融于作品之中。闲情归正，就此搁笔！

毕逢春

2022年6月5日于北京